85

글: 조정용

나 이후의
사람들에게
말한다.

(주)엠씨에이

목　차

하고 싶은 것들

돈을 많~이, 아주 많이 벌고 싶다. 그래서 모든 것을 넉넉히 갖고, 그것을 마음껏 쓰고 싶다. 훌륭한 아내를 얻고, 신체 건강한 아들, 딸을 낳고 좋은 이웃이 많이 거주하는 차별화된 우수한 마을에서 살고 싶다. 능력 있는 남편이 되고, 존경받는 아버지가 되고 싶다. 그렇게 남들이 부러워할 가정을 이루고 싶다. 돈 뿐만 아니라, 남들이 존경해 주는 명예도 얻고 싶다. 그렇게 최고조에 달하는 행복한 삶을 맛보고 싶다. 그런 내 삶을 살고 싶다.

 웅장하고, 화려함이 느껴지면서도, 고상한 취향이 잘 묻어나는 그런 집에서 살고 싶다. 개성 있는 인테리어를 한, 거~ 대하고 화려한 저택을 갖고 싶다. 그 저택 정원에는 용트림하듯 굵고, 잘생긴 소나무를 여기저기에 심고 싶다. 밖에서 지나가는 사람들이 외부에서 보는 것 만 으로도 부러움을 사고 싶다. 울타리와 대문 사이에는 현대미술 조각작품들이 언 듯 언 듯 보이게 놓고 싶다.

그리고 멋진 자동차를 갖고 싶다. 최고급 승용차, 지프차, 스포츠카, 캠핑카를 사서, 전용주차장에 안전하게 줄을 세워서 주차를 해놓고 싶다. 그리고 매일 아침에 눈을 떠서, 그 중 하나를 선택해 타고 싶다. 자동장치가 달려서 위로 스르륵 올라가는 차고 문을 버튼장치로 올리고, 슝~하며 고출력 배기음을 멋지게 내면서, 집 앞을 빠져나가고 싶다. 그렇게 가족, 친구 그리고 나를 아는 누구와도 상황에 맞는, 품격 있는 드라이브를 즐기고 싶다.

집과 차 뿐 만 아니라, 멋진 별장도 갖고 싶다. 잔잔한 호수와 아름다운 산의 절경이 함께 어우러진 풍경화 같은, 그런 별장을 갖고 싶다. 드~ 넓은 바다전망과 보는 것만으로도 가슴이 트이는 해변 백사장의 전경을 갖춘 창

넓은 현대식 별장도 있었으면 좋겠다. 서로 다른 분위기의 별장들을 여기저기에 두고, 옮겨 다니면서 살고 싶다. 축하할 일이 생기거나, 나름 따분하다고 느낄 때마다 사람들을 부르고 싶다.

기왕이면... 친구나 이웃, 학교동창들을 불러서 고급 술과 비싼 출장뷔페, 그리고 악단까지 불러서 여흥을 나누고 싶다. 음식시중을 드는 사람들을 여러 명을 고용해서 화려한 파티를 하고 싶다. 먹고, 마시고 할 때마다 대접 받는 느낌을 나와 초대받은 사람들이 느낄 수 있도록 하고 싶다. 다 먹고, 다 마시고 난 뒤에도 청소 걱정도 안하고 싶다.

시중을 드는 사람들이 알아서 정리하고, 다시금 안락하게 꾸미게 하고 싶다. 그래서 내가 편하게 쉴 수 있도록 깔끔한 청소에 향수로 마무리 받고 싶다. 또한 파티의 품격을 위해서 현악 5중주 아니, 그 이상의 악단과 연예인 등을 초청해서 파티에 모인 사람들에게 감동을 주고 싶다. 그렇게 사람들을 놀랠 킬 수 있는 화려한 파티를 하고 싶다.

"여러분~ 내일은 없습니다! "

라고 함성을 외치면서 정신 줄을 던져 놓고 미친놈처럼

괴성을 지르고, 날 뛰면서 매일매일 즐기고 싶다.

그렇게 파티가 끝난 뒤에 그들을 돌려보내고... 다시금 깔끔하게 청소해 놓은, 향수로 마무리 된 별장 욕실에서 거울에 비친 내 얼굴을 바라보고 싶다. 나의 부와 나의 능력들을 부러워했던, 방금 전 파티에 다녀간, 그들의 모습들을 하나하나 떠올리면서 말이다.

알 수 없는 만족감에 빠진 나의표정을 바라보며 스스로에게 말한다.

"넌 대단해! 네 가 고생한 만큼 쟁취한 거야,

넌 멋있었어!"

그렇게 혼자말로 중얼중얼 거리면서 나를 독려하고 싶다. 숙취가 밀려온다. 눈까풀이 내려앉는다. 파티 후 그 피곤함 속에서도, 깊숙한 곳에서 부터 올라오는 특별히 표현하지 못 할, 그 어떤 희열을 느끼고 싶다. 알코올에 축 늘어진 뇌 속으로 전자파가 흐르듯 꿈틀되는 만족감, 미묘하고, 야릇한 커다란 행복감을 품은 채, 나는 침실로 향하고 싶다.

정적이 흐른다. 잔잔한 음악이 흐른다. 화려하고도, 고급스러운 침대에 나의 몸을 맡긴다. 눈까풀이 생각들을 짓누르며 시간이 멈춘다. 행복한 꿈속으로 빨려 들어가는 듯 그렇게 잠이 든다. 그렇게 살고 싶다.

 은밀하게도... 비밀만 지켜질 수 있다면... 가정이 있음에도 불구하고 멋지고, 아름다운 애인을 뒀으면 좋겠다. 그와 함께 여행을 다니면서 특별한 밀회를 즐기고 싶다. 아내나 남편에게서 받지 못하고, 절대로 그들에게서 느낄 수 없는, 그 무엇인가를 채우고, 부비면서 허락받지 못하는 쾌감을 느끼고 싶다.

인간은 동물과 다르다고 한다.
인간은 생각하는 동물이라서 그렇다.
그래도 인간은 동물이다.
생각을 조금 더 할 뿐이다.
생각을 하는 동물이라 다르다는 것이다.
실상 동물들도 인간만큼은 아니지만 생각을 한다.
결국 인간이나 동물은 썩~ 다르지 않다.
"인간은 사회적 동물이다. 라고 사회학자들은 말한다.
인간만이 사회를 만들고,
그 속에 규칙을 정해서 인간 질서를 유지해 간다.
동물들도 인간만큼은 아니지만 그렇다.

동물과 인간이 완전히 다른 것 같지 않음을 말하고 싶다. 다만 그 질서의 정도(사회규칙, 규범, 규약 등)가 인간사회가 조금 더 복잡한 것에 불과하다. 조금 더 복잡하다는 것은 더 지켜야 할 것이 많고, 더 절제해야 할 것이 많고, 풀어야 할 것이 더 많다는 것 뿐 이다.

그래서 비밀이 지켜질 수 있다면... 을 전제한 것이다. 비밀이 유지된다면... 사회질서는 계속 유지되기 때문이다. 그런 애인을 둔다는 것은 사회규범과 질서를 유지하고 자 하는 노력이 따라야만 가능해진다. 아내 말고 다른 여자를 사랑하게 되었다. 남편 말고 다른 남자를 사랑하게 되었다. 그 사랑한다는 이유로 아내나 남편에게 이혼을 요구한다면, 그건 사회질서를 망가트리는 행위이고, 인간적이지 않은 것이다. 오히려 지독히 동물적인 것이 되고 만다.

인간이 느끼는 그때그때의 감정과 느낌은 수시로 변한다. 로미오와 줄리엣이 결혼 했어도, 사니 못사니 했을 것이다. 모든 것이 영원할 것 같지만 사랑도, 기분도, 약속도, 살며 느끼는 그 무엇도 다~ 변한다. 수시로 변한다는 진리를 동물들은 모른다. 하지만 인간은 더 생각을 많이 하는 동물이라서 안다. 그래서 참고, 인내하고, 질서를 지키기 위해서 노력한다. 변한다는 것을 알기 때문이다. 그래서 더 인간적 일 수 있는 거다. 사랑하는 사람이 생겼다고 이혼을 요구하고, 부부가 서로 싫증난다고, 이혼해버리는 것은 동물적이다. 이혼의 대부분은 신뢰가 무너졌다든가, 근본이 깨졌을 때다. 그건 지독히 인간적이다.

그렇게 누구나 겪을 수 있는 것을, 인간사회가 못하게 한다. 그런 사랑에 대한 욕구와 본능을 잘 드러내지 않지만, 다들 품고, 인지하고 있다는 것을 누구나 안다. 그래서 누구나 더 애틋하고, 더 긴장스럽고, 더 야릇하고. 더 특별하다. 그래서 나도 그런 사랑을 해보고 싶다고 말 하는 거다. 인간이 스스로 만든 사회질서를 유지하려고, 노력한다는 것을 전제로... 나는 누구나 더 본능적으로 살기를 바란다. 그게 더 인간적인 삶이라고 나는 말하고 싶은 거다. 그럼에도 무슨 논리와 원리인지는 잘 모르지만...

나는 지금의 내 아내가 가장 소중하다. 그 어떤 미묘하고, 야릇한 사랑 등등의 감정들과 바꾸지 못할 만큼, 지금의 내 아내와 남편이 소중하다는 것은, 나만 느끼는 것이 아닐 것이다.

어려운 이야기라 아주 힘들게 풀어나갔다...

베풀고, 나누고 싶다.

장애나, 사고 그리고 또 다른 여건상 불행과 함께, 늘상 지쳐 살아가는 사람들을 돕고 싶다. 가난에 찌들고 힘들게 사는 사람들에게 보탬이 될 수 있도록, 내가 갖고 있는 돈을 써서 돕고 싶다. 그리고 그들에게서 선망 받고, 존경을 받으면서 보람을 느끼고 싶다. 그렇게 남들 못하는 좋은 일을 많이 하면서, 남에게서 칭송받고, 알 수 없는 우월감도 맛보고 싶다.

그런 우월한 유전자임을 느끼면서, 스스로 대견해 하면서, 매일매일 행복 하고 싶다. 베풀면서도, 돈 걱정을 하지 않아도 되는 재력가이고 싶다.

"오른손이 한 일을 왼손이 모르게 하라"라는 말은 남에게 인정받고, 칭송받으려 하지 말라는 것이다. 하지만 나는 생각이 다르다. 내가 하는 선행을 굳이 감추면서까지 겸손을 떨고 싶지 않다.

타인에게서 칭송받고, 인정받기를 원해야 그런 일을 하게 된다. 절대로 인정받기만을 위해서는 아니라는 것이다. 그래야 선행이 이어지고, 또한 본보기가 되서 제2, 제3의 선행이 계속된다. 감추는 것을 아름답게 여기는 사회는 선행이 줄어드는 사회가 될 것이다.

그래서 나는 재력가가 되고 싶다. 그리고 베풀고, 나누고 싶다. 소외받은 사람들이 많다. 묵묵히 자기 일을 해도 표가 안 나서 인정받지 못하는 사람이 많다. 내 주변에 있는 잘 알려지지 않은 힘들 사람을 찾고 싶다.

그리고 그들에 힘이 되어주고 싶다.

 이것 말고도... 하고 싶은 것이 수두룩 존재하는 것이 지금 내가 살고 있는 세상이다.

먹을거리, 입을거리, 쉴거리가 다~채워지고, 종교에 대한, 가족에 대한, 민족에 대한, 더 나아가서 인류에 대한 것 등등, 내가 살고 있는 이 세상은 수도 없이 하고 싶은 일들이 여기 저기 널브러져 있는 시대다. 다 채우고, 다~ 이룰 수 없다는 것은 분명하다. 그렇다고 해도, 억척스럽게 이루고자 하는 사람이 많길 바란다.

나는 사람들에게 하고 싶은 것을 많이 찾으라고 말하고 싶다. 그래야 그걸 이루려고 많이 움직이게 된다. 잘~ 이루기 위해서 더 많은 움직임을 동원 시킨다.

그 목표를 향해서 처절할 정도의 최선을 다한 움직임이 나올 때, 이 때가 인간이 가장 행복할 때라는 것이다. 이런 나의 주장은 분명히 많은 사람들에게, 공허감과 실패감을 가져다 줄 것이다. 왜냐면 원하는 대로 다~이루어지 않기 때문이다.

"송충이는 솔잎을 먹어야 한다."

"능력만큼 해라."

"분수에 맞추어 사는 것이 행복이다."

"너를 바로 알아라, 너 만큼만 해라."

"올바른 삶이란... 자제와 절제에서 온다."

"네 가 양보해라."

"서로 타협해라."

"네 가 참아라."

라고 말하는 사람이 많다. 맞다. 옳다.

우리는 그렇게 교육받았다.

그렇다면, 지금까지 내가 말한 것들은 욕심인가?

욕심은 어디까지가 욕심이란 말인가?

분수는 어디까지 분수란 말인가?

나는 나 이후에 사람들에게 욕심이니, 분수니, 하면서 절제하고, 자중하라고 말하고 싶지 않다. 다~ 갖고, 다~ 채우라고 말한다. 다~갖고, 채우는 것이 가능한 일이 아니지만, 그래도 다 갖기 위해서 최선을 다~했으면 좋겠다.

 갖고 싶은 것과 하고 싶은 것을 위해서, 자신의 모든 것을 투자해서, 더 큰 꿈과 목표를 모두 달성해야 한다. 특히, 지금 이 시대를 살고 있는 나, 나 이후 에 살아 갈 사람들에게 반드시 필요하다.

뭐든 생각하라!

그리고 그 생각이 실현되게 행동하라!

그리고 악착같이 쟁취 하라.

그렇게 쟁취한 것을 당신이 살아있을 때까지, 당신의 그 시대에, 다~ 쓰고, 누리면서 살다 가라! 그래야 비로소 당신 삶의 의미를 심장에 품고서, 이 세상을 행복하게 떠날 수 있게 된다. 그런 당신의 장례식장은 축제의 장이 될 것이다.

목표를 세우고, 행동하고,

그래서

실패하고, 좌절하고, 극복하고,

그리고 다시

행동을 수정하고.

또 다시

목표를 세우고, 행동하고, 이루고,

그렇게... 그렇게...

당신은 최고의 삶을 이룬다.

누구나 다~ 그렇게 이룬다!!

　　나는 조금 더 남아있는 내 삶을 바라본다. 지금까지 난 최고의 삶을 살아왔다. 그건 목표를 위해 최선을 다한 삶이었기 때문이다. 낮은 지능지수에, 남들에 비해서 너무도 부족한 물리적, 생물학적 내 조건으로 볼 때 말이다. 적어도 이 책을 읽고 있는 독자들은 나보다 높은 지능지수와 월등한 생물학적 조건을 갖고 태어났다. 나는 남보다 부족한 능력을 갖고 태어났기에 이 책을 쓰는 거다. 그렇지 않고 우수한 능력으로 태어났다면 굳이 이 책을 써야 할 이유는 없는 것이다.

나보다 더 좋은 능력을 갖추고도, 나보다 더 힘들다고 하고, 행복하지 않다고 하면서 불행해 하며 사는 사람들이 주변에 많아서 나는 이 책을 쓰는 것이다. 그들이 나보다 더 성공한 삶을 살 수 있을 거라고 믿고, 확신하기 때문이다.

 나는 전쟁을 겪지 않았다.
내 몸 하나 서 있을, 내 나라가 없어서 보트에 매달려 바다 위를 표류하지도 않았다. 끼니를 때우지 못해 굶주림에 치를 떨면서 구걸하지도 않았다. 온갖 부정과 부패로 나라가 만신창이가 되지도 않았고, 종교로 파가 갈려서 서로 싸우고, 죽이고, 전쟁 하지도 않았다. 테러나 마약 등으로 부터 하루하루가 공포에 떨지도 않았다. 내 할아버지와 아버지들이 잘~ 일궈 놓은 곳에서, 양질의 양육환경과 넘쳐흐르는 고급 교육환경에서 자랐다. 이런 환경에서 우리들이 이루지 못할 것이 무엇이란 말인가?
나 이후의 사람들에게 말한다.
허무맹랑할 것 같고,
부도덕적일 것 같고,
비현실적일 것 같지만...

서두에서 말한 것 모두를 욕심내라. 그건 행복 옆으로 안내해 주는 과정이 될 것이다. 그리고 내가 떠올리지 못했던 것들도 찾아내라. 그리고 이루어 내라! 그렇게 살게되면, 아마도 숨 쉴 틈이 없다고 느껴 질 것이다. 그런느낌이 엄습해 온다면... 곧바로 그 앞이 행복이라는 것이라고 말하고 싶다.

아버지

내 아버지는 경상남도 마산 바로 위에 진영읍에서 전투경찰로 근무하셨다. 그래서인지 아버지는 일반 감은 못 드시는데, 진영단감은 잘 드셨다. 일반 감과는 다르게 아삭아삭한 맛에 가끔은 씨가 안 나올 때도 있다. 씨 없이 감을 통째로 먹는 느낌이 좋아서, 가끔 단감을 먹을 때면, 씨가 안 나오길 바란다.

아버지가 경찰로 생활할 때는 전국적으로 잘~ 살아보자고~ 아침부터 음악을 틀면서 마을길도 넓히고, 지붕도 개량하고, 도랑도 치우는 등등 부지런한 삶을 몸에 베이게 한 그 시절이었다.

그 당시 아버지의 월급이 박봉이라서, 다른 집에 비해서 자식도 적게 낳았다고 한다. 나와 형 그리고 내 위에 누나 하나가 더 있었다. 하지만, 그 누나는 가난한 그 시대 환경 속에서 제대로 자라지 못하고 사망했다.

당시에는 자식을 여러 명 낳아서, 그중에 한두 명은 죽을것으로 예상했다고 한다. 가난했기 때문에 풍부한 먹거리도 없었고, 양육환경도 열악했다. 그렇게 자식을 잃은 아버지께서는 박봉의 월급으로는, 가정을 이끌기가 어렵다고 판단하시고, 처와 자식들을 데리고 강원도 속초로 이사를 갔다.

속초는 한국전쟁 전 북한 땅이었다.

치열한 막바지 전투를 통해서 점령한 땅이다. 일명, 수복지구라고도 한다. 그래서 내가 어렸을 때 속초시 동명동에는 수복탑이 있었다. 그 탑은 북쪽으로 향해 어머니와 아들이 손잡고, 보따리를 매고서 걸어가는 동상이다.

산과 호수, 바다를 배경으로 풍부한 수산 및 농산 그리고 임야자원이 많아서, 굶는 사람들이 없다는 소문이 자~자 했던, 그런 도시가 속초다. 속초는 길거리에 생선들이 너불거리고, 썩어서 나돌아 다닌다. 그래서 사람이 굶어죽는 일은 없는 곳이라고 했다.

아버지는 속초로 가족들을 모두 데리고 이사를 했다. 속초는 지금 제주도만큼이나 우리나라 최고의 휴양관광도시다. 나는 5살 때 왔고, 여기서 초, 중, 고등학교를 졸업했다.

그때 당시에 내 나라는 어렵고, 가난했었다.
나는 가난했던 기억이 뚜렷하진 않지만 이런 기억은 남아 있다. 나무질이 좋은 10원짜리 연필은 부잣집 아이들이 사용을 했고, 나는 5원짜리, 질 나쁜 나무연필을 사용했다. 공부를 하다보면 연필심이 툭툭 부러져 속상했었다. 가정이 어려워서, 학교를 다니지 못했던 아이들이 주변에 많았다.
학교선생님께서 불우이웃을 돕는다고, 학교에 돈 가져오라고 하면, 우리엄마는 우리가 불우이웃이라고 하시면서 돈을 주지 않았다. 그렇게 불우이웃돕기 성금을 못낸 적이 많았다.
그런 기억을 보면, 우리집도 가난했고, 내 나라가 무척이나 가난한 나라였던 것 같다.
그 시대 어린이들은 동네마당에 모여서 다~함께 놀았다. 폐종이로 네모 모양의 딱지를 접어서 위에서 아래로 내려치고, 바닥에 있던 딱지가 뒤집혀지면, 가져가는 딱지치기놀이를 많이 했다. 팔, 다리운동이 되는 일거양득의 그 시대 훌륭한 대표적인 놀이다. 동네 비포장 마당에서는 온통 아이들이 딱지치기놀이를 한다. 거대한 포대 자루에 가득 채운 딱지를 들고 나오는 아이들은 부자였다.

그 시대의 행복 지수는, 지금의 아이들보다 훨씬 높았을 것이다.

인간이 사회적 동물이라는 기준에서 본다면, 지금의 가상게임이나 사물 인터넷 등으로는 사람들을 사회적 인간으로 만들기 어렵다고 느껴진다. 아이들 놀이문화에 인류의 미래가 달려있다 해도 과언이 아니다. 그 로 인해서 아이들이 성장해가면서 갈수록 심해지는 비사회적현상 또는 사회병리적 현상들이 걱정이다. 성추행, 자녀살해, 보복살인, 층간소음 이웃 간 살해, 묻지마 범죄 등등 사회성 결핍으로 생기는 범죄들이 계속 늘어 날 테니 말이다.

나는 미래학자나 사회학자는 아니지만 사회적 동물들인 인간이, 사회에 나오지 않게 될 것을 예견한다. 모래놀이, 흙놀이, 물놀이 등등 사람과 사람이 어우러지는 놀이어야 한다. 오감을 통한 놀이가 아닌, 기계에 의한 가상놀이가 미래를 어떻게 바꿀지를 예견해야한다. 또한 학자들은 서둘러서 대비해야 할 것을 경고한다. 모든 전문가들은 시급한 대안 문화를 찾고, 대안 교육을 준비해야 할 것이다.

그렇게 속초에 오신 아버지께서는 가족부양을 위해서, 고깃배를 타고 우리가족을 먹여 살리기로 하셨다. 태어나서 처음으로 고깃배에 몸을 올리셨다.

고기를 많이 잡아서 가족을 부양한다는 부푼 기대감은 바로 사라졌다. 처음으로 경험하는 참을 수 없는 배 멀미에 혼쭐이 나셨다. 바다 한복판에서 뛰어내리고 싶을 만큼, 고통스러웠다고 한다. 물고기 한 마리는커녕, 선원들에게 혹독한 괄시와 무시만 받고 돌아오셨다. 더 이상 배타는 일은 불가능하다고 판단하신 아버지는 다른 일을 찾으셨다.

산으로 가서 나무(땔감)라도 해서 가족을 먹여 살리려고 했다. 새벽 일어나서 산으로 향하셨다. 도끼와 톱 그리고 나무를 묶어서 들고 내려올 새끼줄까지 챙기셨다. 주변을 살피면서 조심스럽게 적당한 나무를 살펴봤다. 자를 나무를 정하고, 순차적으로 톱질을 하고, 도끼질을 했다. 한가득 새끼줄로 묶어서 등짐을 지고 내려오는 길이었다. 산모퉁이에서 기다리고 있던 산림보호 경찰관들이 나타났다.

"어이~ 뭘 그렇게 들고 내려오시나?"

경찰인지 건달인지 구별이 안가는 말투에 몽둥이도 들고 있었다. 그리고는 아버지를 동물 다루듯이, 몽둥이로 후려치고, 발로 찼다. 이리저리 끌려 다니시면서 매질을 당했다.

그 당시 우리나라는 산림이 곧 자원이었다. 가게에 가면 땔 감나무를 새끼줄로 묶어서 팔았던 시대다. 나무는 난방의 원료였고, 바로 돈이 되는 생활필수품이었다.

그렇게 무분별한 벌목으로 온 나라가 벌거숭이산이 되었다고 한다. 나도 기억에 있는 건 매년 5월이면 식목일을 지정해서, 학교전체가 나무심기운동에 고사리 손까지도 동참시켰던 기억이 난다. 그렇게 어린 아이들까지 동원해서 나무를 심을 만큼 절실했었다.

산림이 곧 국력이었다.

그러니 산림보호 경찰이 당연히 여기저기서 암행 단속을 했을 것이다. 그래서 나무를 잘라서 판매하는 행위는 형사처벌 대상이었다.

인간은 일반 동물보다 좀 더 많은 생각을 할 줄 아는, 사회적 동물이다. 그래서 몰래 불법을 저지르기도 하고, 그때그때 상황 속에서 또 기생하는 또 다른 불법행위가 자생 된다. 이럴 때 인간적이라는 말은 나쁜 말이 되겠죠?

나무가 돈이 되는 세상에서 산림보호 경찰관은 월급 외에 별도의 뇌물을 받는 것이 익숙했을 것이다. 그 때보다 조금 더 이후의 기억이지만, 교통경찰보다 더 많이 받았을 것 같다.

내가 고등학교 때 아버지는 운전 중 교통법규로 걸리면 항상 돈을 주셨다. 그러니 산림보호경찰은 뒷돈을 받고, 특정인들에게는 눈감아 준 것은 지극히 당연한 것이었다. 그렇게 공무원들의 뇌물, 뒷돈 등이 판을 치던 시대였다.

이런 범법행위가 판치는 사회는 동물사회가 아니라, 사회적 동물 즉, 인간사회라서 벌어지는 일이다. 하지만 인간이기 때문에 또한 극복해 낸다. 그래서 인간이 대단한 거다.

세상이 뭐~이래! 공평하지 못해! 나쁘다! 억울하다! 이런 썩을 놈의 세상~! 등등 비판만 하는 사람들이 많다. 하지만, 정작 자신이 그런 위치나, 힘을 갖게 되면 또한 공정하지 못하게 된다. 다~ 똑같아진다. 그렇지 않은 사람도 있다. 그럼 그는 영웅이 된다. 하지만 무척 외롭게 살게 된다. 영웅으로 외롭게 살 건지, 아니면 그냥 행복하게 살 건지는 여러분이 선택하기 바란다.

그렇게 아버지께서는 생전부지 낯선 곳에서 낯선 경찰관들에게 수갑이 채워진 채로, 알 수 없는 곳으로 끌려갔다. 아버지께서는 불안감에 온몸을 떨고 계셨다. 감옥행인데.. 자식들은 어찌하며.. 등등 아버지는 막막해 했다. 그리고 절대로 끌려가는 일은 없어야겠다고 각오를 하신다. 그들이 몽둥이질을 하든 말든, 그냥 산에서 누워버렸다. 경찰서에는 절대 갈 수 없다고, 누워버린 아버지를 경찰들은 더 심하게 때렸다. 그 순간 아버지는 병신만 안 되게 마구 때려주기길 바랐다고 했다.

그들도 사람이라서 마음껏 때리다 보면 분노가 가라앉는다. 인간이라서 맞은 사람 편에 서서 생각을 할 거라고 믿으셨다. 그렇게 온몸이 피투성이가 되었다. 몸을 부르르 떨면서, 더 이상 버티다가는 병신이라도 될 것 같았다. 그 순간 아버지께선 몸속에 소중하게 간직해오던 경찰공무원증(일명 경우회증)을 꺼냈다. 숨을 헐떡이면서, 그들에게 보여줬다.

"나도 자네들과 같은 경찰이었네~!"
당황한 경찰들은 그 증을 받아 보면서 놀랜다.
"한번만 좀 봐 주시게나~!"
아주 불쌍하고, 처절하고, 비굴한 모습을 하며 말했다.
"처자식 먹여 살려야겠다고 배도 탔네,
　고깃배는 체질상 배멀미 때문에 도저히 할 수가 없었다네... 그래서 이렇게 나무라도 해서..."

아버지는 과장되게 처절하고 불쌍하게 보이려고, 소리를 내면서 울었다고 한다. 그건 연기만을 아니었을 것이다. 그 삶의 처절함에서, 비틀고 튀어나온 한 가장의 본능적 행동이었을 것이다. 지금까지 험한 발길질과 몽둥이질을 하던 두 분의 경찰관은 아버지 앞에서 바로 무릎을 꿇고서 이렇게 말했다.

"왜 진작 말씀 하지 않으셨나요?

선배님 죄송합니다."

그리고 고개를 숙이고, 선배경찰에게 예의를 표했다. 같은 출신들끼리는 선배가 되는 것이다. 팔이 안으로 굽는 인간사회의 당연한 결과다.

그 후로 속초시 산림청 경찰들은 아버지의 편의를 봐주셨다. 나무를 해서 땔감으로 판매하는 행위를 막지 않으신 거다. 이후 풍요롭지는 않지만, 우리 가족 먹고사는 것은 해결이 되었다. 그렇게 아버지의 강원도 속초에서 정착은 순조롭게 진행되었다.

아버지는 내게 이런 무용담 같은 말을 해주시면서, 별도의 교훈까지 주셨다.

"정용아~ 상대방의 부당한 행위에 너무 분노해하고,

억울해 하지 말아야 한다.

참을 인(忍)자 세 번이면 살인도 면한다. 알겠나?
참고 또 참으면 다~ 된다! 다~ 된다 말이다. . . "
경상도 말투로 무언가 걱정된다는 듯, 내게 말하셨다.
그리고 계속 이어지는 말씀은 이랬다.

"정용아~ 그리고 상대방에게 잘~해줘라.
  그들 편에 서줘라.
  억울해도 반드시 해명하려 울분을 토하거나,
  악착같이 애쓰지 마라.
  참아라, 베풀어라.
  상대가 네게 무슨 짓을 하든,
  고작 다~ 같은 생각을 하는 사람일 뿐이다."

종교인들 같은 말들을 쏟아내셨다. 적절히 상대의 분노나 배신을 이용하라는 뜻이다. 그리고 상대를 감동시켜라! 상대를 미안하게 해라!
이런 당시에 아버지의 말은 처절하게 살면서 몸으로 배운 말(지혜, 지식)들이었다. 나는 살아가면서, 많은 분노와 시련을 접할 때마다 아버지가 떠올랐었다. 지금, 이 세상에 계시지 않는 내 아버지를 생각하면서, 또 내가 없을 앞으로의 세상을 생각하면서, 남겨주고 싶은 말이 있다.

굴욕과 치욕이 나를 죽게 할 정도가 아니라면, 곧 생길 상대의 미안함을 예견해라. 이후에 그들이 내편이 될 것을 생각해라~!

그렇게 아버지의 속초생활은 원활하게 이루어지는 듯 했다. 나무를 해서 처자식을 먹이고, 남은 돈은 알뜰히 모아서 종자돈을 만들었다. 그 돈으로 서울로 가서 생활필수품인 손톱깎이, 가위 등등을 사와서 되파는 장사를 시작 하셨다.
속초시 동명동 수복탑 위에는 속초시외버스터미널이 있다. 아버지는 버스에 올라가서 출발을 기다리는 손님들에게 물건을 보여주면서 일장연설을 하고, 물건을 파셨다. 때로는 구걸하듯 팔고, 때로는 유머를 동반해서, 개그맨처럼 즐거움을 주면서도 물건을 팔았다.

처음 버스에 올라갔을 때 이야기다.
아버지는 가방을 들고 힘차게 버스 안으로 올라갔지만, 얼굴을 붉히고 그냥 내려 오셨다고 한다. 다시금 용기를 내서 올라가지만, 바로 내려오기를 반복 하셨다. 막상 승객들 앞에 서니까, 부끄럽고 용기가 나질 않아서 그냥 내려오신 거다. 자식들 생각하면서 용기를 내서 다시 버스에 올랐다. 후덜덜 떨리는 목소리로 입을 열었다.

"이~ 쓰..메...끼리(손톱깍기)로 말할...것...같.."
개미소리보다 목소리가 작았다고 한다.
물건을 못 팔아서 속상해 하신 것보다도, 용기 없는 자신이
초라하고, 더 미우셨다고 했다. 아버지께서는 그런 자신이
초라해서 눈물이 났다고 했다. 그 눈물이 창피해서 아무도
없는 곳을 찾아서 숨으셨다.   그렇게 화장실에 가서 남몰래
마음을 가다듬고, 다시 용기내기를 반복하셨다.

  결국 아버지께서는 못하시는 술을 마시고 용기를 내려고 소
주 한 병을 사서, 단숨 다 마시고는 버스에 오르셨다. 나는
아버지가 살아 계신동안 술을 하시는 걸, 한번도 본적이 없
다. 아버지는 술기운에 용기를 내셨다. 그리고 자신감 있게
소리 내서 입을 열었다.

  "이~ 쓰메끼리(손톱깍기)로 말할 것 같으면!"
큰 소리로 설명을 다~ 하셨다. 그리고 버스 양좌석 손님들
사이로 가방을 들고 걸어가셨다. 놀랍게도 한분이 사주셨다.
그 분과 계산하는 동안 여기저기서 승객들이 돈을 내면서
물건을 달라고 한다. 처음 장사에 네 개나 팔았다. 아버지는
하늘을 날 듯 기분이 좋았다고 했다. 이후 용기가 나서, 나
중에는 웅변가처럼 바뀌셨다.   일장 연설에 사람들도 즐거워

하고, 농담도 즐겨하시면서 점차 단골도 생겼다. 그렇게 속
초시외버스터미널 승객들에게 즐거움을 주는 명물 장사꾼이
되신 거다.

아버지는 얼굴에 수염을 많이 기르셨다. 속초 털보라고 하
면, 모르는 사람이 없을 정도다. 승객과 시민과 주민들이 지
어준 별명이다. 사실 나는 내 아버지가 털보라고 불리는 게
싫었다. 동네 아저씨들이 나를 가리키며 말한다.

"애가 털보네 둘째아들이라며... 많이 부족하고, 속 많이
썩이는..."

아버지는 물건을 하러 서울을 자주 다녀오셨다. 서울을 한
번 갔다 오려면, 그 당시에는 며칠씩 걸렸다고 한다. 버스는
있었지만 도로가 좁고, 꾸불꾸불 휘어져 있어서 시간이 많이
걸렸다. 운행 중 펑크나 고장도 잦아서, 여인숙(여관)에서
자고 하루를 더 소비하기도 했다. 지금은 도로가 대부분 터
널식으로 산맥을 통과하다보니, 엄청 빠르다. 교통이 발달되
지 못한 그 시대에, 아버지의 장사는 높은 수익을 가져다줬다.

하지만 그 일도 편하게, 순조롭게 계속 되지는 않았다. 순
수하게 아버지의 아이디어로 시작된 장사였다. 아버지가 돈
을 좀 번다는 것이 알려지면서, 다른 사람들도 따라 하기 시

작했다.

 점점 경쟁이 심해지고, 상권과 이권이 갈수록 치열해졌다. 그러던 어느 날, 동네 폭력배들이 아버지에게 무력을 가했다. 가방을 뺏고, 버스 밖으로 물건을 내 팽겨 치고, 아버지를 밀쳤다. 아버지의 온몸은 상처투성이가 되어 집에 들어오시곤 했다. 그래도 그 몸으로 다시나가고 또 나가셨다. 그러던 어느 날 여러 사람들에게 납치되어 밀폐된 곳으로 끌려갔다. 그리고 이유 없이 두둘겨 맞았다. 초죽음이 될 쯤, 아버지는 나무하다가 붙잡혔을 때처럼 경우회증을 보여줬다. 그리고 이번에는 이렇게 말했다.

"그만 때려~!
 나 너희들한테 맞고만 있을 사람 아니다!
 우린 서로 도움이 될 수도 있다!
 나를 편하게 장사할 수 있도록 해라"

산림청경찰들 때와는 다르게 강하게 말했다고 한다. 전직 경찰증을 본 그들은 당황해했다. 그리고 자기들끼리 수군수군대더니, 그 중 우두머리격인 사람이 다가와서 아버지 손을 잡고 일으켜 세웠다. 그리고는 진중하게, 조심스런 말투로 말을 했다.

"죄송합니다. 진작 말씀하시지요.

사실 이 장사는 형님께서 먼저 시작한 일입니다.

돈벌이가 되다 보니... 죄송합니다.

이제부터는 편하게 장사 하십시오~ 털보형님"

그렇게 털보아버지는 조폭 동생을 보게 되었다. ^^ 경우회
증 하나로 여러 번의 기회를 잡으신 거다. 경우회증이 없다
하더라도, 그 어떤 수단과 방법을 동원해서라도 아버지는 해
냈을 거다.

아버지는 상대방을 미안하게 하는 기술을 갖고 계신 걸까?
아니면 특별히 남보다 좋은 머리를 갖고 태어나신 걸까? 아
버지는 그 어떤 어려움도 두려워하고 피하기보다는, 부딪혀
맞서는 남다른 용기와 인내가 특별하신 것 같다. 그리고 하
고 싶은 것을 많이 찾고, 욕심을 많이 내셨으니까 버티신 거
다. 자식 먹여 살려야겠다는 욕심, 잘~ 살아야겠다는 욕심
들... 말이다.

아버지는 아파도, 상대의 분노를 온몸과 마음으로 받아준다.
나로 인해 상대를 미안해하게 만드는 것이 세상을 잘사는 법
이라고 하셨다. 아버지는 마치 노련한 심리상담사 같다. 경
우회증 하나들고 몸으로 얻어맞는 그런 상담사? 말이다.

"맘대로 해봐라~! 그럼 곧 풀릴 것이다... "

라고 믿으셨던 거다.

어려서부터 아버지의 장사하는 모습을 보면서 나는 자랐다. 누구에게나 우리 아버지는 굽신굽신 거린다. 버스승객, 버스기사, 매표소직원, 장사하는데 도움 될 사람이라면 거의 다 그랬다. 버스에 오르고 내릴 때 아버지의 모습이 싫어서 나는 피했다. 혹시 아버지가 나를 아는 체 하면서 부를까봐 그랬다. 나는 그렇게 자랐다.

힘 있는 자들이 적이고, 증오의 대상이었다. 아버지 뒤를 봐주는 경찰들도 비리의 온상이고, 동네 조폭들은 사회악이라고 생각했다. 그렇게 우리 아버지를 굽신거리게 하는 인간들은 대부분 잘못된 거라고 믿었다. 아버지의 살아가는 방식이었으나, 나는 정말 싫었다. 내 아버지라는 이유로, 아버지 위에 선 사람들은 전부 다 싫었다. 그렇게 나는 힘 있는 자들에게는 알 수 없는 반감과 투쟁을 보인다. 하지만, 낮은 사람들에게는 무척이나 관대한 편이다.

출생과 성장

나는 출생부터 평범하지 않았다. 10달이 지나도 엄마 뱃속에서 나오질 않았다고 한다. 출산예정일이 한 달이 지나도, 전혀 나는 태어날 기미가 없었다. 어머니는 걱정스러워서 어려운 살림에도 병원(당시 산파소)에 다녀오셨다. 산파, 지금의 산부인과 의사선생님은 말했다.

"아이는 살아서 움직이는데, 움직임이 매우 약하네요.

이런 경우... 아이가 태어난다고 해도, 바보거나, 죽거나, 장애를 갖고 태어날 확률이 높습니다."

그 말을 들은 어머니는 허탈한 마음에 힘없이 집에 돌아오셨다. 그 후 한 달쯤 지났을까...마침내 어머니 뱃속에서 나는 태어났다.

1962년 2월 18일 경남 진영읍에서 그렇게 12달 만에 나는 이 세상에 태어났다. 출생 당시 나의 몸무게는 5kg정도로 다 큰애 같았다고 했다. 탯줄에 온몸이 칭칭 감겨져 있어서 보기도 무척 안스러웠다고 한다. 얼굴을 이리저리 돌리는 것이, 갓난아이 같지 않고, 태어 난지 서너 달 된 아이 같았다. 엄마 뱃속에서 더 자랐기 때문이란다.

나의 그런 특별한 출생은 특별한 나의 성장과정을 예고하는 듯 했다. 덩치만 크지, 부실하기 짝이 없고, 겁도 많아서 경기(식을 땀을 내고, 비명을 지르면서, 놀래고 등등의 모습)를 자주 했었다고 한다. 주변 사람들은 아이가 크려고 그런다고 들 했다지만, 난 정도가 심했다. 시름시름 잠만 자고, 먹고, 싸고 거의 누워있는 식물인간 같았다.
그래서 아버지는 자식 하나 살리는 셈치고 당시 5천원? 정도, 지금으로 환산하면 5백만원 정도의 산삼을 구해서 먹였다. 그 후 신기하게도 바로 약효가 나타났다. 전에는 덩치만 컸지 덩치 값을 못했는데, 활동량이 많아졌다. 5살 아이가 초등학생을 패고 다닐 정도로 힘이 장사고, 한 겨울에도 옷을 벗어던지고, 밖에 나가서 뛰어놀았다. 나도 희미하게 그런 기억들이 난다.

강원도 속초는 눈이 많이 오는 지역으로 유명하다. 눈이 오면, 어른들이 눈길을 내서 왕래를 하셨다. 길을 내기위해서 삽으로 좌우로 눈을 퍼 올렸다. 그러면 양옆이 좌우로 벽 터널처럼, 높은 눈 터널이 만들어진다. 4~5살 아이들 키보다 눈이 높게 쌓인다. 나는 그 눈 벽에 윗도리를 벗고, 두 팔을 벌려서 맨몸을 갔다대고 눈을 녹였다. 내 몸의 열이 눈을 녹였던 기억이 지금도 생생하다. 그렇게 내 몸 자국이 나면, 친구들이나 어른들한테 자랑을 했다. 내가 했다고 신나해 하면서, 몸 자욱이 생긴 부분을 보여줬었다.

그렇게 나의 몸은 정상적이지 않았다. 열이 심하고, 머리에는 부스럼이 없는 날이 없었다. 아버지는 내 머리에 난 부스럼을 터트려서, 고름을 짜내고 약을 발라주셨다. 그렇게 내 머리 두피표면에는 여기저기 새집처럼 푹푹 파여 있었다. 그 파여진 머리곳곳에는 반창고로 항상 덕지덕지 붙어져 있었다. 그런 몸 상태는 초등학교 4~5년까지도 계속된 기억이 있다.

그렇게 유아시절을 보내고 나는 초등학교를 입학했다. 숫기도 없고, 말도 잘하지 못하고, 어눌하고 그런 나는 학습부진아 진단을 받는다. 당시에 학적부를 찾아보면 명확하게 지진아라고 쓰여 있다.

그런 진단을 받은 후, 다른 일반 친구들과 다른 학교생활이 시작되었다. 다른 아이들이 집에 간 후에, 나와 그 외 지진아들은 학교에 남아서 추가 교육을 받았다. 쓰기교육, 읽기교육, 셈 교육 등등의 추가교육은 내게 아무런 효과가 없었다. 난 책상에 앉아서 집에 가는 친구들을 바라보면서 부럽다는 생각만 했다. 돌아다니고, 집중 못하고, 뛰어 놀기만 하려고 하고, 집에 가고 싶다는 생각만 한다.

내가 남들과 다르다는 것만으로, 부정적 감성이 마음속에 깊이 쌓이고 있었다. 그래서 당연히 청소는 우리 지진아들이 도맡아서 했다. 내가 가장 신나해 하고, 기다렸던 시간이 청소시간이었다. 여기저기 왔다 갔다 할 수도 있고, 장난도 할 수 있고, 그냥 공부 안하는 것만으로도 무척 좋았다. 무엇보다도 청소를 하면 집에 갈 수 있었기 때문이다. 그리고 청소후 학교에서 먹을 것을 줬다. 당시에는 학교에서 청소한 이이들에게 옥수수 빵을 나눠주었다. 청소하면 받아먹는 빵,

밑 부분이 새까맣게 탄 노란 옥수수 빵이었다. 나는 기억력이 약하지만, 뚜렷하게 기억하는 것은 그 빵이 너무도 맛있었다는 것이다.

나중에 알게 됐지만, 당시 미국에서 우리나라 원조식량으로 옥수수를 보내줬다. 그 옥수수가루로 학교에 빵을 만들어 보내면, 청소한 아이들이 먹었던 거다. 나는 아침에 학교를 오면 하루 종일 그 빵 먹을 생각만 했다. 그렇게 청소시간만 기다리면서 시간을 보낸다.

그때부터인 듯싶은데, 나는 항상 남들보다 부족하다는 생각을 했다. 남들보다 부족하기 때문에 학교에서도 늦게 끝나고, 매일 혼난다고 생각했다. 수업시간에 손들고 말하는 아이들은 나와는 다른 세상의 아이들이라고 생각했다. 집에 가도 아버지한테 데이노(머리가 나쁘다는 일본어)소리를 들었다. 내가 투덜대고 쭈그리고 앉아있으면, 엄마는 그런 나를 보고 말하신다.

"누구 닮아서 애가 저렇지?"
엄마가 아버지 얼굴을 보고 말했다.
"누구긴 누구고? 다~ 외탁을 해서 그렇지!"

아버지가 받아치신다.

"아이고~ 참말로! 당신네 조 씨 집안은 뭐 그리 대단해서!! 허 참말로... "

엄마가 음성을 높여서 싸울 것처럼 말한다. 그렇게 어머니 아버지는 나 때문에 항상 티격태격 싸우셨다. 그런 부모님 모습을 보면서, 나는 매일매일 불안해했다. 나는 궁시렁 궁시렁, 투덜투덜... 엄마 아버지를 뒤로하고 집을 나선다. 여기저기, 이집 저집, 기웃기웃 거리면서 거리를 헤매고 다닌다. 그리고 어둑어둑 해져서야 집에 들어오곤 했다.

집에 가도, 나는 특별히 나를 반기는 사람이 없었다. 평상시에도 학교가 끝나면, 여기저기 들러보면서 천천히 집에 간다. 다른 아이들보다 늦어도, 다른 집 애들처럼 걱정하지 않는다.

어느 날 방과 후 새로 사귄 친구네 집을 갔다. 친구 어머니는 우리엄마보다 나이가 좀 많아 보였다. 그 엄마께서는 우리가 대문 앞에 들어서자마자 마루 밑으로 맨발로 뛰어나오신다. 그리고는 내 친구를 와락 끌어안으시는 것이다. 내 친구 엉덩이를 툭툭툭 치면서 이렇게 말한다.

"어~쿠 내 쌔끼 내 쌔끼. . . "

내 쌔끼를 계~속 반복하면서, 한~참을 끌어안고, 얼굴을 부
비고 나서야 내 친구를 놓는다. 난 태어나서 그런 모습을 처
음으로 봤다. 학교 다녀온 자식을 저렇게 맞이하는 엄마모습
은 내겐 너무도 큰 충격적이었다.

우리 집은
"밥 줘요" 하면
"너는 손이 없냐... 발이 없냐?
  엄마 일하는 거 안보여?!!"
호통만 돌아올 뿐이다.
엄마한테 말만 붙이면 혼나는 것이 우리 집의 공식이었다.
그래서 특별한 것 외에는 나는 부모님께 말을 걸지 않았다.

**나중에 살가운 자식들을 원한다면, 부모가 먼저 많은 대화를
해야 한다. 말은 인간유전요소 중 100% 닮게 물려받는 으뜸
유전자다.**

 초등학교 4학년쯤 이었다.
나는 학교를 가지 않고 논두렁 밭두렁을 헤매다가, 학교 안
다니는 친구들과 어울려서 남의 밭에 무, 고구마를 파먹고
놀았다. 학교를 가지 않고 노는 게 정말 재미있었다. 남몰래

밭작물을 캐먹는 그 맛이 정말 좋았다. 나는 먹는 것을 주는 사람은 아무나 따라갔고, 주는 것은 다~ 받아 먹었다.

그렇게 학교친구와 안가는 친구들과 함께, 여기저기 돌아다니면서 어울렸다. 저 멀리서 밭주인이 소리를 지르면서 우리에게 소리를 친다.

"야 이 녀석들~! 꼼짝 마라~ 거기 서라 이놈들~!~"

우리는 발이 보이지 않은 정도로 도망을 친다. 그렇게 한참을 달리고, 달려서 항상 만나는 아지트에서 그 친구들과 다시 모인다.

영금정이라고, 영랑호(속초시내에 있는 석호)주변 바위가 많은 작은 산이 있다. 그곳에는 깊지 않은 토굴이 있는데, 거기가 우리들의 아지트였다. 거기서 모여, 숨을 헐떡거리면서 서로의 얼굴을 바라보고 신나게 웃는다. 잠시 전에 있었던 그 상황을 서로의 무용담처럼 말한다.

"야 정용아, 너는 느리고 몸집이 크고 둔해서 잡히는 줄 알았어" 친구들 말이다.

"야~ 난 튀다가 언덕에서 두 번이나 굴렀다. 하 하 "

그리고 우리는 또 다른 재미를 찾아 나간다. 다름 아닌 좀도둑질을 하는 것이었다. 문방구나 슈퍼 그리고 시장에 가서, 먼저 털 가게를 정 한다. 혼자서 가게를 보는 나이가 많은 주인이나, 여자 분이 혼자서 가게를 보는 곳을 찾는다.

그렇게 가게가 정해지면, 우리들 세 명은 동시에 가게에 들어간다. 친구 하나는 주인한테 가서 말한다.

"이거 얼마에요? 저건 또 얼만데요?"
그렇게 주인의 시선을 뺏는다.
다른 한 친구는 두리번두리번 길가에 지나가는 사람들을 응시한다. 주인 말고도, 또 다른 사람이 현장을 볼 수 있기 때문이다. 우린 그렇게 치밀했다.
나는 주인에게 얼마냐고 묻는 친구 등짝사이로 가게 주인 얼굴을 살핀다. 친구 등짝이 주인과의 시선이 가려질 때가 바로 적기였다. 그 순간 슬그머니 손을 뻗어서 물건을 잡고 주머니에 넣는다. 내가 기침을 하면 두 아이 모두 역할을 끝낸다.
"아저씨 다음에 또 올께요~"
그리고 가게를 뒤로 하고, 우리는 천연덕스럽게 걸어 나온다. 그때, 등골이 싸늘할 정도로 긴장을 느끼면서도 최대한 아무런 일이 없었다는 듯 걸어 나갔다. 자연스럽게 보이려고 우리는 서로의 얼굴을 보면서 그냥 아무 말들을 서로에게 한다. 그렇게 가게랑 우리가 점점 멀어진다. 한참을 가서야 우리는 성공을 예감하고, 환호성을 지른다. 주머니에 있는 것을 꺼내서 나눠 갖는다.

매번 우리들의 그런 행위는 성공만 하는 게 아니었다.

한번은 어떤 아주머니가 하고 있는 가게였다. 문방구였는데, 과자도 다양하게 많이 있었다. 같은 방식으로 진행됐다. 이번에는 내가 바람잡이가 됐다. 나는 주인에게 말 한다.

"아줌마~ 이거 얼마에요? 이거는요?"

그때 아이들이 주머니에 과자랑 물건들을 넣고 있었다.

순간 아주머니는 큰소리로 외친다.

"야~이 도둑놈들아~!!!"

우리는 순간 도망을 쳤다. 내가 가게 가장 깊은 곳에 있었기 때문에 제일 뒤로 쳐졌다. 원래 달리기도 친구들보다 느리지만... 맨발로 내 뒤를 쫓아오던 아주머니의 뻗은 손이 내 등 옷자락에 닿을 듯 말듯했다. 온몸에 전류가 흐르는 듯하면서, 숨이 콱콱 막혔다. 식은땀이 온몸에 흐르고, 하늘이 노랗다. 순간순간 짜릿한 심리상태로 변하면서, 알 수 없는 쾌감이 온몸을 감싸는 순간, 나의 옷깃은 주인에게 잡히고야 말았다. 숨을 헐떡이면서 그 여주인은 나를 꽉 잡고 놔주질 않았다. 나도 씩씩 거리면서 되레 소리치며 말했다.

"놔요 놔요! 난 아무 짓도 안했단 말이에요~!!"

그녀가 말한다.

"너 이 눔의 새끼 경찰서로 가자~

　이게 한 두번이 아니야!!"

그렇다. 우리는 이 가게가 처음이지만, 그 주인은 여러 번
그런 일을 당했던 거다. 나는 그렇게 근처 파출소로 끌려갔
다. 경찰 아저씨들이 내 앞으로 몰려와서 웃으면서 말한다.

"야~ 이 녀석 봐라, 넌 여기 처음인거 같은데...

　학교는 다니냐?"

내 머리를 툭툭 치면서 말한다.

난　무서움에 떨면서 말했다

"네...학교 다녀요..."

경찰 아저씨는 또다시 내게 말한다.

"야~ 바늘 도둑이 소도둑 되는 거야~!

　너 이제 학교도 못가고, 콩밥 먹어야 돼~

　감옥에 가야 한다구!~ "

나는 무릎을 꿇고, 두 손을 모아 빌면서 살려달라고 애원을
했다.

"잘못 했어요~ 다시는 안그럴께요~"

엉엉 소리를 내서 울었다.

학교이름을 말하고, 학년과 반을 쓰고, 내 이름까지 쓰고서
야 풀려 나왔다. 그날은 함께한 친구들도 못 만나고, 혼자서

거리를 배회하다가 밤늦게 집에 갔다. 예상외로 집의 부모님
은 아무것도 모르는 것 같았다.

 다음날 학교에 갔다 오니까, 집에서 난리가 났다. 학교에서
어제사건 때문에 선생님이 집으로 찾아오신 거였다. 선생님
보는 앞에서 엄마는 내 책가방은 길거리에 내팽개쳐졌다. 선
생님 보는 앞에서 아버지는 나의 뺨을 후려치셨다. 그리고
엄마 손에 끌려가서 몽둥이로 엉덩이와 허벅지 쪽을 두들겨
맞았다. 그리고 엄마는 나를 선생님 앞에서 무릎을 꿇리고
말했다.

"다시는 안 그러겠다고 용서를 빌어!
 엄마는 오늘 너랑 오늘 같이 죽는다. 어서! "
나는 선생님 앞에서 무릎을 꿇고, 두 손을 비비면서 잘못했
다고 빌었다. 그날 밤 엄마는 하루 종일 멍하니 계셨다. 그
리고 우셨다. 내가 보는 줄도 모르고, 그렇게 슬프게 우는
엄마의 모습은 처음 봤다. 나는 엄마 아버지 눈치를 보면서
숨죽이듯 그렇게 하루를 보냈다.

 그날 이후 나는 그 친구들을 더 이상 만날 수 없었다. 그렇
게 가기 싫은 학교를 가긴 했지만, 집에는 일부러 늦게 들어

갔다. 일찍 집에 가봐야 반겨주는 사람도 없었기 때문이다. 내가 나타나면 엄마 아버지는 속상해만 하시기 때문이다. 아버지는 버스에서 장사가방을 들고 왔다 갔다 하시고, 어머니는 가게(버스터미널 작은 슈퍼)에서 장사를 하셨다. 엄마 아버지는 내 얼굴만 보면 심부름만 시킨다. 그래서 나는 집에 가기 싫었다.

그 당시에는 냉장고가 없었던 시대였었다.
수협(어판장)에서 생선보관을 위해서 얼음을 만들었는데, 아버지는 이 얼음 판권을 따서서 여기저기에 배달을 하셨다., 엄마가 하는 가게에는 빙수를 팔았고, 얼음을 도매하는 장사도 했었다.
커다란 얼음저장고(컨테이너 같은 박스)에 대형 얼음덩어리가 몇 개들어 온다. 톱으로 쓸어서 크기별로 가격을 정해놓고 판매를 하는 거다. 작게는 두꺼운 책 크기정도에서부터 가방만한 크기 등 다양하게 잘라서 판다. 새끼줄에 묶어서 들고 가는 일반손님들이 가장 많았다. 가정에서 과일화채를 해먹는데 많이 사용됐다. 그리고 동네 빙수가게마다 얼음배달을 했다.
나보다 5살 많은 형님은 학교 갔다 오면, 무조건 자전거를 타고 얼음 배달을 한다. 나는 그런 심부름 하는 게 너무도 싫어서, 일부러 집에 늦게 들어갔다. 그렇게 늦게 들어가면 호통이 떨어진다.

"저 눔의 새끼는 뭐하느라고 형보다 맨날 늦게 오나?"
난 고개를 숙이고 터벅터벅 방으로 간다.
엄마는 배달준비를 하시더니 소리치며 말한다.
"용아~! 이리 와서 가게 지키고 있어라
 엄마 얼음 배달하고 올게~
 잘 지켜라~"
나를 가게에 있게 하시고, 엄마는 얼음을 머리에 이고 배달을 나가신다. 그사이 손님이 왔다. 물건 값을 받아서 돈 통에 넣었다. 몇 번하다보니, 손님이 주고 간 돈을 돈 통에 넣지 않고, 슬그머니 내 주머니에 넣었다. 점점 난 가게에 앉아 있다가 못된 생각을 행동으로 옮겼다. 가게 돈 통에 손을 넣어서 동전을 한 움큼 쥐어 주머니에 넣었다. 그리고 엄마가 오기만을 기다렸다가, 엄마가 오자마자 잽싸게 집을 벗어나 여기저기 놀러 다녔다.

주머니에 돈이 많아서 친구들이 항상 잘 놀아 줬다. 돈이 필요하면, 집에 일찍 들어가서 엄마가 가게를 맡겨주기를 기다렸다. 점점 그 수법은 대담해져 갔다. 엄마가 딴 곳만 바라만 봐도, 내손은 돈 통으로 들어간다. 안방에서도 어머니, 아버지 주머니에도 손을 대기 시작했다. 상습적인 도벽은 항상 나를 흥분시키고, 호흡이 멎을 것 같은 긴장감을 줬다. 그러던 어느날, 가게 돈 통에 손을 대다가 엄마한테 들켰다. 난리가 났다. 바로 뺨을 얻어맞았다. 몽둥이로 등짝도 맞았다. 엄마가 아버지를 향해야 소리치며 말한다.

"애 좀 봐요~ 어디서 이런 못된 짓을 배워왔대요??"
밖에 계시던 아버지는 가게 천막을 지탱하는 기다란 나무를 빼와서 휘둘러댔다. 마치 나를 죽이려고 달려드는 듯 했다. 나는 비명을 지르면서 몸을 움 추리고서 방으로 뛰어 들어갔다. 아버지는 나를 쫓아서 그 큰 몽둥이를 들고 내게로 마구 달려왔다. 순간 엄마는 빠른 동작으로 아버지를 잡는다.
"정기 아버지(형의 이름을 따서 부르는 호칭) 애 죽어요~!!!"
엄마는 나를 보고 도망가라고 손짓을 한다. 난 너무 무서워서 그냥 앞만 보고 달렸다. 등 뒤에서 아버지 고함소리가 계속 들려왔다
"니 다리몽둥이 확 분질러 버린다. 너 잡히면 내손에 죽는다."
나의 등 뒤에서 식을 땀이 흘렀다. 앞도 안보고 마구 달렸

다. 내평생 내가 뛴 것 중, 아마도 최고 속도였을 거다. 한참을 달리다가 낯선 길모퉁이에 앉았다. 숨을 헐떡이면서 생각했다.

"이대로 집을 나가면 난 어디로 가서 잠자고, 먹고 살지?... 다리 밑에나 가봐야겠다..."

혹시 나를 낳아준 진짜부모가 있을 수 도 있다고 생각했다. 집을 나와서 살아갈 생각을 하니 정말 막막했다. 그래도 밤하늘은 참 예뻤다. 그날 밤 나는 늦~게, 조심조심 방에 들어가서 잠이 들었다.

시간은 흘러서 나는 초등학교 6학년이 되었다. 아버지는 내게 가정교사를 붙였다. 학교 갔다 오면, 다른 곳에 돌아다니지 못하게 하기 위해서다. 그때 아버지는 내게 말을 하셨다.

"공부해야 우리처럼 고생 안한다.

엄마 아버지 고생해 돈 벌어서, 니들 학교 보낼 라고 하는 거다. 니 정신 못 차리면, 도둑이나 돼서 감방에 가서 살게 된다. 너 그렇게 살고 싶나? 도둑이 안되서 감방생활을 안하고 산다고 해도, 엄마 아버지처럼 이렇게 고생하면서 살래? 공부해야 된다!! 그래야 니들이 편하게 살 수 있기라~!!"

난 처음으로 부모가 가슴으로 대화하는 느낌을 받았다. 내가 하는 짓들이, 잘못된 것이란 걸 처음으로 뉘우치게 만들어

주었다. 아버지는 소리만 친다고 생각했는데, 차분하게 말로
하는 것이 나를 움직였나보다.

아버지가 말하는 동안 그 옆에서 엄마는 나를 만지고, 머리
도 쓰다듬으면서 나를 보고 그냥 우신다.

"저 아이는 도대체 뭐가 될 라고 저런 답니까?...
 귀신이 씌어서 그런가.."

하면 또 서글프게 우셨다.

그리고 우리집은 동네 요란하게 굿을 했다. 무당이 춤을 추
면서 나한테 물방을 같은 것을 뿌리고, 소리도 친다.

"물어가라~! 에~잇 물러가라"

나는 어렸지만 기분이 정말 나빴다. 나중에 알았지만, 나 때
문만은 아니고, 전반적으로 우리 집에 우환이 없게 해달라고
하신 거였다. 아무튼 동네 떠나가라 할 정도로 굿을 하고서
는 동네사람들이 모여서 음식과 술을 나눠 먹었다. 오신 동
네사람들이 나를 바라보면서 말한다.

"어휴 저 아이가 둘째라며... 그렇게 속을 썩인 다나 어쩐
다나... 좀 바보라지...12달 만에 나와서 살아있는 것만도
기적이라던데...?"

동네 사람들의 수근 거리는 소리였다.

나는 엄마 아버지에게 정말 미안하고, 죄송했다. 저토록 많이 아파하고, 내게 신경을 쓴다는 것을 처음으로 알게 되었다. 엄마 아버지에 대한 그동안의 생각이 바뀌는 충분한 계기가 되었다.

그날 이 후로 나는 부모님 말을 잘 들어야겠다고 다짐을 했다. 아버지는 대학, 대학원, 유학까지 시켜준다고 하셨다. 당시에 중학교만 나와서 일하는 친구들이 많았다. 고등학교를 나오면, 동사무소에 취직해서 공무원으로 가는 것이 일반적이었다. 요즘은 공무원이 수백대일의 높은 경쟁률을 뚫어야 되는 꿈의 직장이지만, 그땐 그랬다. 아버지는 다른 부모님들 보다 교육열이 훨~씬 높았다. 나는 열심히 공부를 했다. 엄마, 아버지 속상하게 하지 말아야겠다고 결심을 한 것이다.

그렇게 6년 때는 학교 갔다 오면, 바로 과외선생님한테 가서 공부를 했다. 그러나 워낙 성적이 엉망이었던 나는, 초등학교 4학년 수준밖에 안됐다. 다만 중학교를 대비해서 선행학습으로 하는 영어는 달랐다. 다른 아이들과 똑같이 시작하는 거라서 실력이 크게 다를 바가 없었다. 그래서 영어는 다른 아이들보다 내가 성적이 훨씬 좋았다. 그렇게 중학교를 들어갔다. 영어는 외국인이 직접 가르쳤다. 영어 선생님 이름을 스트라우드 라고 불렀다. 스트라우드 선생님은 내게 해외 팬팔을 중개 할 정도로 나를 인정했다. 나는 영어 시간만 되면 최고조의 기분이 된다. 원어민이 묻는 말에 나는 그냥 줄줄줄 대답했다.

그러나 3학년 때는 입시영어를 해야 했다. 문법이라고 해서, 원어민과 함께 말하고, 듣고 이해하는 영어가 아니었다. 주어 뒤에는 동사가 오고, 과거형 현재형 등등... 나는 3학년 때부터 영어조차도 성적이 엉망이 되어갔다. 스트라우드 원어민 선생님도 우리학교를 떠났다.

나는 기억력이 나쁘다. 그래서인지 암기과목들, 사회, 생물, 과학, 국사 등은 최악이었다. 게다가 00출판사 참고서 문제를 풀면 100점을 받는 식이다.

"24페이지부터 48페이지까지 00출판사 책사서 봐라~
거기서 문제가 나간다."
선생님의 말이다.
나는 혼자서 중얼 거렸다.
"저게 무슨 시험이야...
그럼 책만 사보면 전부 100점 이게?.."
정말로 글자, 토시, 보기 문항순서까지 한 자도 안 틀리고, 똑같은 문제를 냈다. 선생님이 말해준 그 참고서를 사서본

아이들은 대부분 100점을 맞았다. 나는 일부러 참고서를 안
사봤다.

"그냥 아는 대로 시험을 봐야지,

그런게 무슨 시험이야~!!

이딴 공부를 해서 뭐해!! "...

분노하면서 속으로 이렇게 말했다. 그 외 대부분의 암기과목
들도 흡사했다.

"어디부터 어디까지 외어라"

나는 외우는 거는 정말 싫었다. 기억하는 능력이 떨어져서
그랬나 보다. 그나마 영어랑 수학은 항상 상위권이었다. 영
어는 스트라우드 원어민선생님이 가시면서 재미를 잃었고,
수학은 그래도 외우고 답하는 것과 다르게, 스스로 연구하고
풀면, 답이 나오는 진실한 과목이었다. 거짓도 없고, 그 어
떤 문제도 원리를 알면 다~ 풀 수 있는 것이 수학이었다. 그
나마 수학 빼고는 공부를 거의 하지 않았다.

어느 날 수학시간이었다. 수학 선생님은 한참을 내 옆에서
노트에 문제 푸는 것을 지켜보신다. 옆 눈으로 보이는 선생
님 무릎과 허리춤까지가 움직이지 않고, 계속 내 책상 옆에
붙어 서있는 것이다. 부담스러웠지만, 천천히 풀어나가면서
정답을 유출해냈다. 답을 유출해 낼 때까지 지켜보고 계시던

선생님은 내게 말했다.

"넌 공학도가 되면 꽤 큰일을 해낼 듯싶다."

"아... 네~"

그리고 선생님이 묻는다.

"너는 항상 수학노트에 필기를 연필로 안하고 볼펜으로 하더라? 만약 수정하려면 지울 수가 없을 텐데... 왜 연필로 안해? " 나는 말했다.

"굳이 연필로 안 해도 천천히 생각하고, 풀면 돼요.

미리 머릿속으로 계산을 하고 쓰기 때문에 괜찮은데...

제 수학 노트는 별로 수정된 곳이 없어요~"

나는 공책을 펼쳐보았다. 사실 전체를 다 펼쳐 봐도 수정된 곳은 세 네 개 밖에 없었다.

선생님은 내게 말했다.

"응 응 그래서 묻는 거야,

넌 항상 볼펜으로 수학노트를 작성 하길래..."

그랬다. 수학은 푸는 과정을 미리 연상하고 답을 내는 방식이라서, 연상이 안 되는데, 필기를 할 필요가 없었기 때문이었다. 하지만 그런 공부방식은 고등학교 입학시험에서 떨어지게 된다. 열심히 한다고 해도, 선천적으로 발달상태가 남보다 부족한 아이라 당연한 결과였다고 본다.

고등학교 입시에 떨어졌을 때 아버지께서 나를 부르셨다.
나는 말했다.

"불렀습니까? 아버지..."

"니 머리가 데이노(바보를 일본식언어로)라 공부해도 안된
다. 요즘 자전거포가 잘 되더라, 그거하나 차려줄까?"
고등학교에 떨어진 나를 불러 앉혀서 그렇게 말씀하셨다. 특
유의 경상도 말투로 계속 말씀하셨다.

"되지도 않는 공부해서 뭐 할라꼬?

일찌감치 돈을 버는 것도 하나의 방법이다."
난 무릎을 꿇고 앉아 있다가, 고개를 들고 말했다.

"아닙니다. 다시한번 해보겠습니다."

"차라~(관둬라의 경상도 말투) 닌 안된다!

뭐 할라꼬 고생할라 카나?"
그리고 조금 더 생각하시더니 또 말씀하신다.

"그럼~ 니 그림 잘 그리니까...

간판집 하나 차려줄까?"
조금은 부드럽게 말씀하시는 아버지를 보고

"아닙니다."

나는 짧은 대답을 하고, 가슴이 무너지는 듯해서 울먹이면서
그 자리를 박차고 나왔다. 길거리를 여기저기를 돌아 다녔

다. 한참을 걸어서 영금정(속초시 동명동과 영랑동 사이에 위치) 동명항 바닷가에 도착했다. 속상하고, 서러워서 바다를 쳐다보며 울었다. 그리고 소리를 질렀다.

"아무리 주워온 자식이라도 이토록 차별할 수 있는 겁니까?! 너무합니다! 나를 낳아준 엄마 아버지는 어디에 계신 겁니까?!!!" 꺼이꺼이 소래내서 울었던 것이 한두번이 아니었었다. 그렇게 소릴 지르면서 바닷가를 여기저기 돌다가 지쳐서 해가 저물고서야 집으로 돌아갔다.

사실, 형님도 고등학교를 떨어졌었다. 당시 아버지께서는 학교를 찾아 가서 보결입학을 시켰다. 보결입학이란 일정금액을 학교기금으로 납부하면 입학시켜 주는 제도다. 형님은 돈으로 입학시켜 고등학교를 졸업시켰지만, 내게는 자전거포 차리라고 했다. 나를 대하시는 태도가 형님과는 완전히 달랐다. 어린 나이에 얼마나 서럽고 한탄스러웠는지 모른다.

나는 고집을 피워서 고등학교 재수의 길에 들어섰다. 남들 학교에 갈 때, 어린 나는 속초시립도서관으로 갔다. 아침에 가서 스스로 공부하는 외로운 재수의 길이 시작 된 거다. 그 도서관 대부분은 대학 재수생 형님들이었다. 형님들은 내가 귀여운지 밥도 같이 먹자고 하고, 모르는 것이 있으면 잘 가

르쳐 주었다. 그렇게 열심히 공부하는 모습을 보신 아버지는
날 불러 말했다.
"니 도서관에서 무슨 공부가 되나?

네가 졸업한 중학교를 다시 가서 3학년으로 한번더 공부해
라. 내 방금 학교에 돈 다~내 놓고 오는 길이다. "
그렇게 나의 의지와 상관없이, 난 중학교 3학년으로 후배동
생들과 다녔던 중학교를 한번더 다니게 된다. 이게 나의 무
협지 같은 청소년기가 시작되는 계기가 되었다.

다시 다니는 중학교생활은 엉망이 되어갔다. 나는 동생들에
게 형이라 부르라고 했다. 대부분 형이라 불렀지만, 지역 깡
패들과 연류 되어있는 일부 학생들은 아니었다. 그들은 오히
려 내게 시비를 걸면서, 위협까지 했다.
어느날 하교 길에 나는 어딘가로 끌려갔다. 그리고 알 수 없
는 곳에서 수십명에게 집단폭행을 당했다. 정신이 하나도 없
었다. 눈을 뜰 수가 없었다. 눈 깜박하는 사이에 뭔가 퍽퍽
날라 와서는 나의 얼굴과 몸통을 가격했다. 맞다보니 공포감
이 밀려왔다. 이러다가 죽을 수도 있겠다는 생각이 들었다.
순간 정신을 잃었다. 그리고 눈을 떠보니... 내 주변에는 아
무 것도 없었다. 그렇게 몸을 추스르고 집으로 왔다. 이불을
덮어쓰고 누웠다.

당시 식당을 운영하셨던 부모님은 밤늦게나 일을 마친다. 나는 내방이 따로 있어서 그냥자고, 아침 일찍 학교를 가면, 내게 무슨 일이 이었는지를 모르셨다.

 얼굴에 난 상처 때문에 나는 며칠 동안 학교도 안가고, 도서관을 배회하고 다녔다. 학교에서 연락이 와서 부모님도 알게 됐다. 나는 아버지께 말씀드렸다.

 "동생들하고 학교 다니는 거 힘들어요. 저 그냥 도서관에 가서 공부 할게요~ "

 아버지는 돈 내놨으니 한학기만 다니라고 우기셨다. 난 어쩔 수 없이 다시 학교로 나갔다. 그리고 나 스스로를 방어를 하기위해 책가방 속에 과도(과일 깎는 작은 식칼)와 자전거체인을 가지고 다녔다. 기름기를 깨끗이 닦아낸 반질반질하고, 번쩍거리는 체인이었다. 또다시 공격을 받게 되면, 이 칼과 체인으로 그들과 맞서서 싸울 생각이었다. 그런 공포분위기 속에서 나의 학교생활은 계속 되었다. 또다시 올 것이 오고야 말았다. 먼저 나를 집단폭행했던 애들 중 한명으로 보이는 우리반 동생 녀석이 아침부터 건들건들 내게 시비를 걸어왔다.

 내가 먼저 말했다.

 "야~ 저리가! 공부나해~ 뭘 봐! "

 그 녀석은 작정이나 한 듯 말했다.

"형이나 하지~ 왜 남까지 신경써? "

내가 받아쳤다.

"꺼지라고!~"

그녀석이 말했다.

"씨발~ 먼저 혼이 조금 났나 봐요~"

라고 말하면서 나를 조롱하면서 힐끔 쳐다본다. 얼마 전 집 단폭행 사건에, 이 아이들이 있었다는 것이 확실해졌다. 난 옆에 있던 의자로 그 녀석을 내려쳤다. 그녀석이 고꾸라져 쓰러진다. 나는 그 녀석을 마구 짓밟아 버렸다. 흥분한 나는 나 스스로가 무서울 정도였다. 갈수록 나는 거칠어져가고 있었고, 녀석은 초죽음이 되었다.

내가 미친 사람처럼 큰 소리를 지르면서 날뛰니까, 아무도 나를 말리려고 들지 않았다. 미쳐 날뛰면서 흥분해서 사람을 두들겨 패는 내 모습은 마치 야수 같았다. 내 몸속에서 뿜어 나오는 독기가 짐승의 울부짖음 그대로였다. 수업 종소리가 들려서야 나의 폭행은 멈췄다. 그렇게 한시간 수업 후 점심 시간 때였다. 그 녀석 무리들이 우리 교실로 와서 나를 에워 싼다. 5~6명 정도 되는 것 같았다.

"조용히 밥 좀 먹자"

내가 먼저 말했다. 내말이 끝나자마자 녀석들은 동시에 나를 향해서 공격해왔다. 나는 잽싸게 가방에서 체인을 꺼내서 휘둘렀다. 한 놈의 얼굴에서 피가 흘러 내렸다. 놈들은 잠깐 뒤로 물러서더니, 곧이어 다시 마포자루와 몽둥이를 들고서 내게 공격해왔다. 의자도 날라 오고, 나는 비참하게도 교실에서 구경하는 수많은 동생들 앞에서 비참하게 맞았다. 동시에 달려드는 공격은 내가 갖고 있는 무기도 무용지물이 되었다.

종이 울리고 5교시가 시작될 때, 선생님이 나를 부르는 데도 그냥 책가방을 들고 "에이 씨발~!" 소리치면서 교실 문을 발로 차고 나와 버렸다. 그리고 고등학교를 진학해서 다니는 친구들을 찾아갔다. 지금까지의 상황을 말하고, 나는 도움을 청했다. 나는 어려서부터 아버지가 몸이 어눌하고, 약하다고 해서 운동을 많이 시켰다. 태권도, 유도, 권투 씨름... 안 해본 것이 없을 정도였다. 그렇게 내게는 운동하는 친구들이 많았다. 그 친구들은 인문계고등학교가 아닌 속초상고, 고성농고 등을 진학한 친구들 이었다. 그 중에서도 싸움을 제일 잘하는 녀석들을 찾아가서 도움을 요청했다. 그 친구들은 분통터져해 하면서, 내일 일단 학교를 가서, 하교 때 그 녀석들 모두를 데리고, 철공소(당시 친구 집에서 하는 철공소)로 오라는 거였다.

나는 그 녀석들을 데리고 친구가 오라고 했던 공업사로 갔다. 내 친구는 녀석들을 2층으로 올라가게 하고, 일렬로 줄을 세웠다. 지켜보고 있을 테니, 나보고 분이 풀릴 때까지 저 녀석들을 두들겨 패라는 것이다. 나는 어제 당한 것을 생각하면서 발로차고, 주먹으로 마음껏 팼다. 옆에 있는 쇳덩어리를 주워들고서 위협도 했다.

"이 XX발 놈들 눈깔아!" 위풍당당하게 소리쳤다.

그동안 당한 걸 한번에 다 갚았다. 하지만 이게 이렇게 끝날 일이 절대로 아니었다. 속초시내 건달형님들이 자기네 동생들이 맞았다고, 건달들 간의 전쟁이 시작된 거다. 나는 점점 두려워지기 시작했다. 공부고 뭐고, 나의 행동은 더욱 거칠어져갔다. 술 담배는 물론 온갖 불량스런 짓을 다~하고 다녔다. 그런 생활 속에서 살아남으려고, 욕하는 것도 배워가면서 점점 익숙해졌다. 재수하는 애가 공부는 안하고, 함께 운동했던 친구들과 매일 어울려 다녔다.

내 생활은 이상한 곳으로 흘러 엉망진창이 되어갔다. 학교에서 나오지 말라는 통보가 집으로 왔다. 엄마 아버지는 나를 사람으로 쳐다보지도 않았다. 포기한 듯 방치하셨다.

그렇게 동생들 다니는 중학교를 그만두고, 혼자서 도서관에서 공부를 했다. 밤에 집에 갈 때는 항상 주위를 살펴야했다. 언제 어디서 어떤 놈들이 공격할 줄 모르는 상황이었다.

항상 내 몸은 내가 간수해야 했다. 그래서 가방 속에는 작은 식칼을 항상 가지고 다녔다. 깜깜한 길에서 순간적으로 공격을 당한 것도, 한 두 번이 아니었다.

그렇게 시간은 흘러서 고등학교 시험일자가 다가왔다. 그리고 속초고등학교에 다시 응시했다. 놀라운 결과를 냈다. 도서관에서 혼자 스스로 한 공부는 1년 내내 학교에서 공부한 결과보다 훨씬 좋았다. 그런 역경 속에서도 상위권 성적으로 입학하게 된 것이다. 그때당신 속초고등학교는 입학성적 순으로 1반 2반 순서대로 반 편성을 했다. 1반은 서울대진학 반이었다. 나는 2반이되었다. 한반에 60명 정도였으니까, 나는 최소한 120등 정도는 하고 입학 한 거다. 전체가 5반이었으니까, 20% 안쪽의 성적을 받은 것이다. 재수 일 년을 돌아보면 기적에 가까운 결과였다.

그렇게 고등학교 생활이 시작되었다. 하지만 역시 동생들과 같이 생활을 해야 했다. 나는 그들에게 형이라고 부르라고 했다. 반감을 사는 애들도 많았다. 난 맨 뒷자리에서 형 소리 들으면서 고등학교 생활을 시작했다. 2학년 친구들과 세력을 모아서 봉황이라는 폭력 서클을 만들었다. 또 다른 패거리(거지패)들과 힘을 견주 하려면, 세력을 모아 힘을 키워야 했다. 중학교 때 나와 문제를 일으켰던 아이들과 연루된 서클은 거지패였다. 그들의 세력은 시내 조폭 형님들과 연결 돼서, 나는 항상 학교 밖에서도 몸조심하고 다녀야 했었다. 고등학교 3년 내내 봉황패와 거지패간의 전쟁 속에서 학교생활을 보냈다.

그런 긴장된 생활 속에서 고등학교를 보내게 된 나는 공부는 당연히 뒷전이었다. 방과 후에는 매일 자취하는 친구들 집으로 가서 술과 담배를 했다. 온갖 대화는 욕 투성 이었다. 그렇게들 모여서 녹음기를 틀고, 춤추고 노는 것이 전부였다.

 그러던 어느날 학교에서 전쟁이 일어났다. 옥상에서 거지패들이 사전에 중무장을 하고, 우리 친구들을 하나하나 불렀다. 옥상에 올라간 친구들이 내려오지를 않았다. 옥상에 불려간 우리 친구들이 두들겨 맞는다는 것이다. 우리는 학교의 봉황친구들을 전부 불러서 옥상을 점령했다.

2학년들도 올라오도록 연락을 했다. 2학년은 사실상 우리 중학교 동창 애들이 이었기 때문이다. 순식간에 판세는 우리 쪽으로 흘렀다. 거지패 애들은 쪽수(사람수)에 밀려서 계단을 통해서 3층으로 밀려 내려갔다. 내려가는 동안에도 수많은 아이들이 서로 엉켜서 패고, 발로 차면서 싸웠다. 거지패 애들은 거의 줄행랑을 쳤고 일부아이들만 저항을 하는 상황이었다.

그야말로 [친구]라는 영화에서 나오는 장면과 거의 흡사했다. 그렇게 밀린 거지패 몇 명중 하나는 교실 복도의 유리창을 맨주먹으로 부셨다. 그리고 유리조각을 손바닥으로 움켜쥐면서 피가 철철 나는 손을 흔들면서 덤비라고 외친다. 우리는 마포자루로 교실 복도 유리창을 전부 부셨다. 그리고 그 손바닥에 유리를 움켜진 녀석 앞으로 다가갔다. 그는 독안에 든 쥐처럼 비명을 지른다.

"같이 죽자~! 덤비라고~ 덤벼~!! 같이 죽을 놈만 와봐"

그 녀석의 외침이 수십 명 우리 친구들 모두를 뒤로 한걸음 물러서게 했다. 나도 겁이 나서 뒤로 물러섰다. 그렇게 정지된 듯 한 대기 상태에서 우리 쪽 한아이가 그의 얼굴을 향해서 마포자루를 힘껏 내리쳤다. 순간 그의 얼굴에서 피가 터져 나오고, 손에 쥐고 있던 유리조각으로 자기 목에 대고 자해를 시도하려는 그때 선생님들이 올라와서 상황이 종료되었다.

교무실 선생님들 거의 대부분이 다 올라 왔던 것 같다. 다친 아이들은 병원차가 와서 태워가고, 우리는 교무실 복도에 무릎을 꿇고 있었다. 팔이 부러지고, 이빨이 부서지고, 머리가 깨지고. . . 잠시 후 학교에 경찰차고 오고 우리는 경찰서로 호송되었다. 학교선생님들과 동행해서인지 몇 시간 후 경찰서에서 풀려났고 밤늦게야 나는 집으로 돌아왔다.

다음날 점심시간에 아버지는 학교로 불려왔다.

담임선생님이 말한다.

"애 전학 보내세요~ 우리학교에서 더 이상 둘 수 없습니다."

"죄송합니다. 죄송합니다"

아버지는 각서를 쓰고 나를 데리고 나갔다.

그리고 말하셨다

"니 뭐 될라꼬 이모양이가? 학교 다닐 끼가?
자식이 아니라 웬수다! 웬수~! 한번더 이러면 나도 모른다.
그땐 니 인생 니 가 알아서 살아라.~!! "

아버지의 혼내 킴을 뒤로하고, 나는 또 다시 친구들한테 달려갔다. 다음날부터 무기정학을 받은 아이들과 학교는 나갔지만 수업에는 들어가지 못하고 운동장에서 땅을 파는 노동을 했다. 그런 나의 학교생활을 다~말할 수 없지만, 점점 더 정도가 심해졌다.

하루는 학교에 경찰들이 쫙~ 깔렸다. 하루 전에, 우리 봉황 친구 중에 팩 이라는 별명을 가진 녀석이 피살된 것이다. 속초 청호동 속초항에 있는 갯배(쇠줄을 당겨서 건너는 나룻배 같은 교통수단으로 지금은 아바이마을이라고 유명관광지가 되어 그 모습 그대로를 유지하고 있다.) 타는 앞에서 어깨에 칼을 맞고, 과다출혈로 사망한 것이었다. 시신이 안치돼있는 도립병원주변은 알 수 없는 건달들이 줄을 서있었다. 속초시 전체가 전쟁터같이 삭막했다. 우리학교도 관련자 조사를 나오고 나를 비롯해서 몇몇 친구들이 불려나갔다. 난 생각했다. 이러다가 죽을 수도 있는 거구나... 방과 후 우리는 병원으로 갔다. 그렇게 죽은 친구를 떠나보내고 보내고 돌아왔다.

 그렇게 시간은 흘러서 어느 날, 시내조폭들이 우리집 식당을 둘러싸고, 위협을 했다. 아버지한테 나를 내놓으라고 했다. 아버지는 경찰에 신고를 했다. 그렇게 험난한 나의 고등학교시절은 아버지한테도 힘겨우셨나 보다. 전 재산을 정리하시고, 대전으로 이사를 가시게 된다. 나는 고등학교를 졸업하고 오라고 하고, 자취방 하나를 만들어주었다. 그리고 나만을 남겨놓은 가족들은 충청도 대전시로 이사를 갔다. 나 혼자서의 속초생활은 한편으로는 해방감이었고, 또 다른 한편으로는 버려진 듯 한 외로움이었다.

 중학교 때 부터 만나던 여자 친구가 있었다. 그 아이의 부모는 사업의 실패로 다들 서울로 이사를 했고 그 애랑 나랑은 처지가 같아졌다. 그 후로 우린 더욱 서로를 의지하고 만났다. 담배피우지마라, 술 마시지 마라, 친구들과 어울려 나쁜 짓을 하지마라... 부모님 말에는 말끝 마다
말대꾸를 했던 나지만, 그 아이 말에는 그냥 웃기만하고 알았다고 고개를 끄덕였었다. 그런 잔소리도 좋았다. 그렇다고 그 아이 말처럼 공부를 하지는 않았다. 그럴 때 마다 대학가서 만나자고 하면서 만나주질 않았다. 그렇게 그 아이 덕분인지 조금씩 공부를 하려고 노력도 해봤다. 하지만 결과는 4년제 대학을 갈수 없는 실력이었다. 누구나 학창시절 이성친구를 만났겠지만 그때 그 아이는 내게서 보호자 같은 친구였었다. 내가 대전으로 내려가면서 그 아이도 서울로 갔다는 소식을 들었을 뿐 이후 그를 다시 만날 수 없었다. 그 아이도 없었더라면, 난 더 거칠고 위험한 상황 속에서 고등학교를 제대로 졸업도 할 수 없었을 것이다.

나는 고등학교를 졸업하고 대전으로 내려가서. 재수를 했다. 재수를 하는 동안 난 졸업 후 만날 수 없었던 그 여자친구를 찾아 나섰다. 시간만 되면 공부는 안하고 서울로 경기도로 헤매고 다녔다. 그렇게 공부는 뒷전이고 나의 재수생활은 또 그렇게 흘렀다. 그렇게 또 다시 대학을 낙방을 한다. 내 능력으로 대학을 가는 건 쉬운 일이 아니었다. 그 때

나는 스스로에게 물었다.

"너는 지금 왜 대학을 가려고 이렇게 고생하니?"

그리고 스스로에게 답했다.

"나는 건축과를 나와서 건물 설계를 해주고,

  돈을 많이 벌고 싶다"

다시 내게 물었다.

"그렇게 돈을 많이 벌어서

  그 돈으로 무엇을 하려고 하니?"

또 나는 대답을 한다.

"음... 나는 부자가 되서 그림을 그릴거야.

  어려부터 화가가 꿈이었거든, 멋~찐 집에서

  그림을 그리면서 살다 죽고 싶다."

그랬다. 나는 그림을 그리고 싶었던 것이었다.

그래서 나는 나에게 이렇게 말했다.

"그래, 지금부터 너는 그림을 그려라~!

 돈 벌어서 하는 것이 아니고 지금 네가 하고 싶을 것을

지금부터 해라~ 그래야 네 가 더 행복할 수 있다."

 자기합리화에 불과할지라도 난 그렇게 결정했다. 미술대학
을 가기로 그래서 후기대학을 미술대학으로 가기로 마음을
먹었다. 당장 화실에 나가서 그림을 그려야했다. 대전 시내

를 나가서 눈에 먼저 들어오는 미술학원 간판을 보고 들어갔다. 건축설계학과를 가려다가 못 갔습니다. 미대를 가고 싶어요, 어떻게 하면 될까요? 학원장은 실기를 가장 적게 보는 대학을 찾아보자고 하셨다. 나는 그렇게 학업성적과 수능을 많이 반영하고, 실기를 가장 적게 반영하는 대학을 찾았다. 수능과 내신이 그래도 미술을 하는 학생들보다는 좋았기 때문이다. 그렇게 찾은 곳이 마침 대전에 있는 배재대학교 사범대학 미술학과였고, 나는 그 대학에 원서를 넣는다. 원래 어려서부터 만화그리기를 좋아했다. 석고 뎃생(소묘) 3장 그려보고, 나는 그 학교를 손쉽게 합격을 하게 된다. 그렇게 나는 미술에 발을 들여놓는다.

사범대학교라서 졸업과 동시에 중등교사자격증을 국가에서 발부받는다. 그러나 사립대학 출신은 국가에서 중고등학교 교사로 발령시키지 않는다. 사립대학을 나왔으니 사립중고등학교에 알아서 취직하라는 것이었다. 국립대학은 사범대학뿐만 아니라, 교직과목을 이수한 다른 전공자들에게까지, 중고등학교 선생으로 발령을 해줬다. 사립대학을 졸업했다고 해서 발령의 기회조차 주지 않는 것이 도무지 이해가지 않았다. 납득이 안 되는 일이 많은 그런 시대였다. 뭔가 불공평하다는 생각이 들었지만... 어쩔 도리가 없었다.

"공부 잘해서 국립대학을 갔으면 될 거 아냐~!"
라는 소리를 들을까 봐서 아무런 말도 못했다. 나는 내 적성
에 맞는, 원하는 전공을 찾아서 선택한 것 뿐 이었다. 그리
고 졸업하면 어디 선생님 하겠구나 생각했었다. 하지만 아니
었다.

 그렇게 그 배재대학을 졸업하고, 특별히 할 것도 없어서 대
학원 진학을 하기로 했다. 나는 목원대학교 대학원 미술학과
에 입학하자마자 이런 말을 들었다.
"우리학교(목원대) 학생 받기도 적은 티오인데...

 배재대학교(즉, 타 학교)에서 우리대학원에

 입학한건 자네가 처음 일세"
담당교수의 말이었다.
우수한 학생이라는 건지, 환영한다는 뜻인지, 얄밉다는 건
지, 좌우지간 일단은 긍정적으로 받아드리고, 대학원생활을
시작했다. 열심히 그림을 그렸다.
 특수목적 대학원과는 다르게, 본 대학원이라서 정원도 두
명 뿐이었다. 어려운 경쟁을 뚫고, 힘든 영어시험까지 보고
들어왔다. 한 사람은 목원대학교 출신이고, 나는 배재대학교
출신이었다. 배재대출신이라서 비교될까봐, 무척 노력해서
열심히 그림을 그렸다. 한 장의 그림도 더 심혈을 기울여서,

더 많은 시간을 투자해서 그렸다.

하지만 첫 학기 성적은 예상외였다. 목원대 출신 학생은 A+ 이고 난 B학점을 받았다. 일반적으로 대학원 성적은 B학점이 나오지 않는 편이다. 항의를 하고 싶었지만, 수긍을 하기로 했다. 내가 뭔가 부족한 것이 있겠지... 하는 생각에 더 열심히 하기로 마음먹었다. 그렇게 다음 학기를 맞이했다. 난 미친 듯이 그림을 그렸다. 평소 잘 안하는 질문도 교수님께 자주했다. 작품의 가치와 기법과 마무리 등을 집요하게 토론했다. 자연스럽게 이 낯선 대학교수와 관계를 유지해갔다. 그렇게 더 적극적으로 대학원 공부를 했다. 거의 학교에서 살다시피 한 것이다.

목원대출신 학생이 그림을 2~3개 해낼 때, 나는 그의 열배에 해당하는 20~30개의 그림을 그려댔다. 하지만... 결과는 참혹했다. 일 학년 때처럼 그 친구는 A+ 난 B학점이었다. 일반적으로 그 당시에 본 대학원은 돌아가면서 장학금을 받는다. 그렇게 대학원 2학년까지 난 전공과목 A를 받지 못했다. 물론 장학금혜택도 못 받았다. 난 더 이상은 이해가 되질 않았다.

2학년 1학기 성적을 받은 후에 학점수정을 위해 교수님을 찾아 갔다. 이제 마지막 학기 하나만 남아있었기 때문이다.

교수실에 계신 것을 확인하고 노크를 했다.

"똑 똑"

"들어오세요"

그 교수의 말이다.

문을 열고 들어간 교수실에는 마침 그 교수 외에 다른 사람은 아무도 없었다. 책상에 앉아서 거드름 피듯, 회전의자에 비스듬히 앉아서 나를 쳐다본다.

"어떻게 왔어?"

"아 네... 학점이의 신청 때문에 왔습니다."

불쾌하다는 듯이 나를 쳐다보면 말한다.

"학점? A가 안 나와서 그렇지?"

"네"

교수님의 얼굴을 똑바로 쳐다보고 말했다.

"..."

아무런 말이 없다.

"교수님의 학점평가기준이 무엇인지 말해주십시오.

납득이 가도록 저를 이해시켜주신다면,

졸업해서도 참고해서, 열심히 살겠습니다."

교수는 당혹한 표정을 지으며 나의 눈을 피한다.

그리고 역시 회전의자에 삐딱하게 앉아서 말한다.

"내가 왜 자네한테 그걸 말해줘야 하는 건가?"

나를 똑바로 보지도 않고, 의자에 앉아서 좌우로 흔들면서 내게 말했다. 나는 교수의 말이 끝나자마자 바로 말 했다.
"교수라는 직책에서, 평가의 확실한 기준을 알려주는 것은 당연한 의무라고 생각 합니다. 심지어 학부에도 학점이의신청이 있지 않습니까? 여기는 대학원이고, 당연히 학점기준은 있어야 합니다. 그 기준조차 없이 학생들에게 점수를 줬다면, 그건 교수님의 자질 문제입니다. 교수님이 그냥 화가라면, 충분히 이해할 수 있습니다. 하지만, 화가이시기 전에 대학에서 후진을 양성하는 교수님이지 않습니까?"
나는 불손한 태도로 말하지 않았다. 반듯하고 또 반듯하게 질문을 했다. 내가 봐도 내가 기특할 정도로 당당하게 말을 해냈다. 교수님은 당황한 듯 얼굴에 경련이 일면서, 온몸을 떨고 계셨다. 그리고는 화를 못 참고, 책상을 내려치면서 내게 소리를 쳤다.
"나가! 나가 당장 나가!"
나는 꿈쩍도 안하고 반듯하게 서서 이렇게 말했다.
"교수님이 이 학교 교수이듯, 저는 이 학교 학생입니다!. 교수는 우리 학생들의 돈을 받고 일하지만, 학생은 교수님들께 큰돈을 내고 다니는 겁니다. 당연히 내 학점에 대한 이해의 말씀을 하셔야 합니다! 말해주십시오! 그렇지 않으면, 여기서 단 한 발자국도 나가지 않겠습니다."

나는 상당히 단호했다. 교수실은 그렇게 한참 동안 정적이 흘렀다. 시간이 흘러도 그 교수는 아무 말이 없었다. 결국 교수님 입에서 학점의 기준에 대한 말을 듣지 못했다. 그냥 얼굴에 경련이 일면서 당황스럽다는 표정만 보고 왔다.

그 교수는 당연히 할 말이 없었을 것이다. 미술학에서의 학점기준은 특별히 예술성이 높고 낮고, 뭐 그런 기준의 평가가 아니라, 그림에 대한 열정과 노력과 작업량이다. 그것이 당시의 미술대학에서의 평가 기준이었기 때문이었다. 나는 계속 기다리다가, 아무 말도 못하는 교수님을 향해서 내가 먼저 말했다.

"교수님은 교수님이시길 포기하신 거나 같습니다. 나 이후의 학생들에게 그러지 마십시오! 그리고 타 대학에서 오는 학생들에게 오히려 더 많은 격려와 배려를 하십시오. 우리나라 대학원 어디에도 전공학점을 B받는 경우는 없습니다. 장학금 한번 혜택 못 받고, 졸업하는 학생은 저 하나로 만족하시기 바랍니다. 화가이고, 작가이기 전에 대학에서 계~속 교수로써 계실 거라면, 학점에 대한 명확한 기준을 세우시기 바랍니다."

이렇게 연설하듯이 말하고, 나는 교수실 문을 박차고 나왔다. 그것이 그분과는 마지막이었다.

 이후 시간이 흘러서 내가 대학교 강의를 나가면서 전해들은 말인데, 그 교수가 나를 꽤나 괜찮은 젊은 작가로 평가한다는 것이다. 나에 대해서 좋은 말을 많이 하고 다닌다는 소식을 사람들을 통해서 들었다.

나는 그렇게 힘을 부리는 자들에게 대항하는, 알 수 없는 무엇이...있다.(이렇게 살면, 외롭고, 힘들어진다)

 내가 대학원을 다닐 때는 학교가 작업실이고, 집이었다. 그때 당시 목원대학원은 주야간 할 것 없이, 모두가 화실을 그렇게 사용했다. 라면도 끓여 먹고, 빨래도 했다. 간편한 침구를 놓고서, 날씨가 좋은 날은 먹고 자는 월세방이 되었다. 그러던 어느 날 나이든 수위(경비) 아저씨랑 학생들 간에 싸움이 벌어졌다. 화재의 위험도 있고 규정이 그러니, 당장 취사도구와 침구류를 치우라는 것이었다. 그렇게 학생들과 싸움이 벌어 진거다. 그러다가 학생 중 하나가 그 아저씨한테 막말을 하기 시작했다. 상황은 점점 곤혹스럽게 진행되었다. 그 아저씨가 수적으로 밀리고, 말로도 뒤처지면서 나는 그분이 안타까웠다. 나는 바로 그분 편에 섰다.
 "야~ 빨리 치워~ 그리고 화실에서 취사하고, 잠자는 거 앞으로 하지말자~!!
우격다짐의 나의 주장대로 일단 그 일은 일단락되었다. 이후

학교에서 그 분을 보면, 멀리서부터 나를 알아보고 미소를 지으신다. 그리고 먼저 내게 다가와서 말을 걸었다. 그분은 내가 그 학교를 졸업한 후 바로 퇴직하셨다고 한다. 지금 생각해보면 내 아버지와 비슷한 나이셨던 것 같다. 난 그렇게 낮은 사람들한테 더 낮아지는 그런게... 있다. 날 칭찬하는 것이 아니라, 내 아버지의 영향에 대해 말하고 있는 거다.

하지만, 나의 이런 행동은 내 아버지의 교훈과는 거리가 멀다. 참고, 인내해서 이겨내라고 하셨다. 그래야 세상 모두가 너에게 도움이 될 거라고 하셨다. 아버지는 모든 사람들에게 굽신굽신 거리면서, 두들겨 맞으면서까지 상대를 대했다. 하지만 그렇게 가르침을 받은 나는 대부분을 부정적이다. 분노와 비판으로 더덕더덕 떡지가 앉을 정도다. 그렇게 아버지를 누르던 힘 있는 자들은 교수와 연상이 됐고, 경비아저씨는 항상 굽신거렸던 내 아버지로 연상이 되었던 거다.

 나는 아동학자다. 무 교육론을 공감하지 않는 교육론자편에 선다. 선천적인 것보다는 후천적인 환경론을 중시하는 학자다. 부모교육환경이 이렇게 무섭다는 것을 절실히 느낀다. 의사 집에 의사가 나오고, 화가 집에 화가가 나온다고 한다. 나도 잘나가는 집안에서 굽신거리는 아버지를 안 보고 성장했다면, 지금 이런 분노를 품지 않고, 지금과 다른 삶을 살았을까... 생각해본다.

 화가로서의 길은 험난하고 배고픈 길 이었다. 그림 그리는 직업을 갖는 것도 일정의 소득이 생겨야 가능한 일이다. 화가라는 직업은 재산을 물려받든지, 아니면 배우자가 돈을 벌어서 대주던지 해야 가능한 직업이었다. 취직을 하려고해도, 사범대학 미술전공자가 내밀만한 일반회사는 없었다. 오히려 학력을 속이고, 고졸이나 중졸을 원하는 외판사원이나 자동차영업직은 가능했다. 내가 반드시 미술선생을 해야겠다는 고집을 피운 건 아니다. 그래서 일단 더 공부를 하면서 앞으로를 설계하고자 했다.

그렇게 대학원을 진학했고, 그런 대학원 생활을 보내면서 졸업을 맞이한다. 대학원 학위수여식 때 호명되고 단상에 나갔다. 단상에 오르자 대학원교수가 나의 석사모자위에 줄을 좌에서 우로 넘겨주었다. 그리고 졸업장과 학위증을 넘겨받았는데... 빈 케이스만 주는 것이었다. 어처구니없고, 황당했다. 다른 사람도 그렇겠지...하고 옆 사람들 것을 봤다. 다들 졸업장과 학위증이 케이스안에 잘 들어있었다. 난 황당한 상황에 동료들에게 보여줬더니..

"무슨 착오가 있어서 빠졌겠지... 끝나고 사무실 가보자"

식이 끝나고 대학원 사무실을 갔다.

"담당교수가 논문통과에 이의를 달았다. 아직 논문이 패스가 안 되었다. 그리고 목원대 출신이 아니라 연락이 안 갔을 수 있는데, 총동창회비가 들어오지 않아서 일 수 도 있다"

대학원 사무실 직원 말이다.

나는 그 직원의 말을 듣고 항의를 했다.

"논문은 이미 통과가 되서 책으로 나왔고, 나는 총동창회비 청구를 받아본 적이 없다."

같은 고향사람, 같은 학교출신, 같은 군번. . . 인맥 이런 거 사회 나가서나 휘둘러야 하는 것 아닌가?? 사회 나가기도 전에 졸업식장에서까지 이게 무슨 짓이란 말인가? 나는 학위증도 졸업장도 못 받아도 좋다고 생각했다. 그렇게 대학원 사무실을 빠져나왔다.

곧 결혼할 아내랑 가족들하고 식사를 하러갔다. 껍데기만 있는 졸업장 케이스를 들고 말이다. 나는 가족과 곧 결혼 할 아내에게 행정실에 착오가 있어서...라고 말했다. 그리고 몇 개월 뒤에 대학원 행정실에서 전화가 왔다.

"대학원 사무실입니다. 졸업장 학위증을 찾아 가세요"

난 씁쓸한 웃음을 지으며 전화를 끊었다.

결혼과 사회생활

　대학원 졸업과 동시에 나는 1988년 2월 28일 결혼을 했다. 뱃속에 아들의 출산예정이 9월이었다. 그래서 서둘러 식을 올렸다. 막상 결혼을 해보니 막중한 책임감이 생겼다. 그렇게 아들도 낳고, 아이 분유도 사 먹여야 하고, 아내 생활비도 줘야했다. 나는 급한 대로 돈을 벌어야 했다.

　대학원을 나왔다고 해서 취직이 쉽거나, 가능한 것이 아니었다. 차라리 학력을 속이고 학습지 외판원으로 취직을 하게 된다. 당시 학습지는 어린이학습지도 성행했지만... 어른들

한자학습지라고 해서, 직장인들을 상대로 부족한 한자를 하루에 하나씩 공부하는 학습지가 있었다. 어른들을 상대로 영업해서 신청을 받는다. 일년짜리 한자학습지 신청서를 하나 받아오면, 3만원 중 만원이 내 몫이 되는 거다.

하루에 5개를 받을 때 도 있고, 1개도 못할 때도 있었다. 은행이나, 한자를 잘 알 것 같은 중고등학교 교무실에 들어가면 오히려 인기가 좋았다. 그리고 공단에 여공들이 의외로 학구열이 높았다. 공장의 담을 타넘는다. 그리고 휴식시간을 틈타서 휴게실에서 학습지를 보여준다.

"요즘 엘리트들은 대부분 한자학습을 합니다. 어제도 옆에 저쪽 회사는 30명이나 신청 했어요~! "

심리적 경쟁을 시켰다. 그렇게 학습욕구를 부추겨 신청서를 받아 온다. 경비들에게 수 도 없이 쫓기고, 도망 다니면서, 그렇게 하루하루 판매를 해서 돈을 벌었다. 방문하는 곳에 따라서 영업방식이 달랐다. 은행이나 학교를 들어가서 하는 영업 방식은 또 다르다. 중고등학교 교무실에 들어가면, 먼저 높은 분 자리인 교감선생님 자리로 간다. 그리고 자세를 책상아래까지 낮추고 쪼그리고 앉아서 아무런 이야기를 한다.

"더워요 요즘 완전 덥네요...

요즘 신문에 모르는 한자 툭툭 보이면 짜증나시죠?

여기 놓고 갈게요, 한번 구경이나 해 보세요~ "

그렇게 하고 난 다음에 일반교사들 책상을 가면 대부분 성공
이다. 나를 교감선생님과 아주 친근한 사이로 보여주게 되는
것이다. 그렇게 해야 평교사들이 내게 편하게 말도 붙이고,
이것저것 관심을 갖는다. 그렇게 선생님들도 학습지를 많이
구독해 줬다.

어느날 도심 한가운데 중학교를 들어갔다. 그날은 미술교사
가 유독 짜증을 내면서 하루를 힘들게 했다.

"뭐 하는 거예요? 잡상인들 출입금지 몰라요!!

당장 나가세요~!"

그렇게 소리치는 선생님의 책상에는 중2,3 미술교과서가 놓
여있었다.

"죄송합니다. 헤 헤 이거 그냥 한번 보시라고,

그냥 놓고 가는 겁니다."

그 선생님이 말한다.

"필요 없어요! 나가요 나가~ 이거 가지고 나가요!"

나는 초라하게 말한다.

"아~네. 그래도 놓고 갈 테니 한번 보세요... 헤 헤"

비굴한 웃음으로 상황을 모면하면서, 뒷걸음쳐서 교무실을

빠져나왔다. 지리도록 무더운 7월 아이들 방학 전쯤 일이었다. 무더위에 교사들도 스트레스가 많았을 것이다. 축~쳐진 어깨를 으쓱 올리고, 다시금 힘차게 걸어 나와 버스를 탔다. 그렇게 자신에게 용기와 기압을 넣지 않으면 이일은 오래 버티기가 힘든 직업이다. 곧 태어날 나의 아들과 아내를 먹여 살려야 하니까... 힘들 때 마다 그런 생각을 하고 버텼다.

 더 속상하고, 세상이 싫게 느껴졌던 것은, 나도 이 나라에서 내준, 아까 그 선생이랑 똑같은 중등미술교사자격증을 갖고 있다는 거다. 저 녀석은 국립대학를 나왔다는 것만으로 저 위치에 있고, 나는 사립대학를 나왔다고, 이렇게 살아야 하는 이 현실이 너무도 아팠고 억울했다. 집에 돌아오는 버스 안에 어떤 사람들이 얼만큼 차에 타고 있었는지... 어떻게 사무실로 돌아왔는지 잘 기억이 나질 않았다.

인간은 타고난 것이 아니라 성장한 환경 속에서 만들어진다. 내가 어떠한 환경에서 어떻게 만들어 졌든 간에, 만들어진 나를 움직여야한다.
그리고 반드시 내가 하고 싶은 것이 무엇인지를 찾아야 한다. 그리고 그것을 행동으로 옮겨라, 곧바로 행복이 우리 곁에 찾아온다.

차별대우를 받아 본 적 있는가? 누구나 그런 적 있다고 할 것이다. 세상은 공평치 않기 때문에 생기는 것이 차별이다. 차별은 인간사회이기 때문에 생긴다. 그렇다고 세상이 공평하다고 전제하면, 차별이야 사라지겠지만, 물리적, 심리적발전은 없을 것이다. 그것은 차별 없는 세상을 말했던 공산주의 몰락과 다르지 않다.

나 차남으로 태어났다. 형은 누가 봐도 착하다. 내가 생각해도 그렇다고 느낀다. 부모가 말하면 항상 네 " 라고 대답한다. 부모가 시키는 것은 다~한다. 그 속은 어떨지 몰라도... 말이다. 형님 나름대로 참고, 인내하셨을 것이다. 하지만 난, 아니다! 나는 항상 이유를 단다. 싫은 건 싫다고 했다. 그래서 울고 뒤집어지는 것이 다반사다. 내게 가장 오랫동안 기억에 남는 부모님 말이다.
"네~형은 빨래할 때마다 주머니에 돈이 나오는데, 너는 엄마, 아버지 얼굴만 보면 돈 달라고 하냐~?! "
그래서 부모님은 내 얼굴을 잘 안 보신다. 나를 가장 가슴 아프게 하는 말은 따로 있었다.
"너 네 엄마 아버지는 저~기 다리 밑에서 산다!
넌 다리 밑에서 주워서 기른 애다."
게다가 이런 말까지 하셨다.

"내가 이런 말 안하려고 했는데...너 자꾸 속을 썩이면, 진짜 너 네 엄마한테 데려다준다~!"

어린 나이에 그 말을 듣고, 다리 밑을 서성거린 적도 있었다. 진짜 내 엄마 아버지를 찾아보고 싶을 때가 한두번이 아니었다. 게다가 난 짙은 쌍겹풀 외엔 우리 식구들과 닮지도 않았다. 지금에서야 이렇게 말할 수 있지만, 그땐 내 가슴이 메어져, 엉엉 울면서 길모퉁이 여기저기를 돌아다녔었다. 지금의 엄마 아버지한테 들킬까봐서 몰래 몰래 그러고 다녔다.

나는 결혼 후 아들을 낳았다. 그리고 그해에 또다시 아내가 임신을 했다. 산부인과의사가 말했다.

"축하합니다. 또 아들입니다"

당시에는 그렇게 태아성별을 알려줬다. 나는 진지하게 생각했다. 내가 두 아들을 차별 없이 키울 수 있을까? 기쁨보다는, 그런 걱정이 몰려왔다. 내가 성장하면서 나와 나의 형님 사이에서 느껴왔던 차별로 인해 힘들었던 것들을 떠올렸다. 나는 정말 자신이 없었다. 결국 둘째아이를 지우기로 했다. 당연히 아내에게도 내 아픔을 말하고, 동의를 구했다. 나는 말했다.

"정말이다, 진심으로 하는 말이다. 하나만 잘 키우자~

얼마 전에 당신 감기약도 먹었었잖아.

내 말대로 합시다~! "

아내는 처음에는 반색을 하면서 안 된다고 했다. 계속 고집
하는 나를 이기지 못하고, 결국 고개를 끄덕였다. 부모와 나
의 마찰들을 옆에서 지켜본 아내는 이해한다고 했다. 우리는
아들 하나만 잘~ 키우기로 약속했다. 그 대신 딸 하나를 더
갖기로 했다. 그렇게 3년 뒤에 우린 예쁜 딸을 얻는다. 아내
와 나는 1남1녀를 두게 되었다.

아들을 낳았을 때, 나는 아버지 집에서 살았다. 일주일에
한번은 대학에서 강의를 하면서, 나머지 요일은 명함디자인
후 인쇄를 해서 직접 배달하는 일을 했다. 큰돈을 벌진 못했
지만, 학교강의 후에 부업으로 하는 일 치고는 수익이 높았
다. 오히려 본업인 대학교 강사 급여보다 수익이 높았다.
점점 물량이 많이 늘어나다보니, 오토바이로 배달은 무리였
다. 당시 나의 몸무게가 100kg정도였다. 그런데 80cc 소형오
토바이는 내 덩치와도 맞질 않았다. 내가 배달하는 모습을
보는 사람들은 말했다

"오토바이가 불쌍하다. 그래도 움직이는 거 보면 참 대단한
오토바이야~! " 하며 나를 놀리곤 했다.

그래도 한푼 두푼 돈이 모여 가는 것이 즐거웠다. 두 아이

아빠로서 역할을 하는 내 모습도 대견했다. 일거리는 점점 늘어났다. 그리고 점점 얼굴과 몸이 새까맣게 타버렸다. 휴가를 다녀온 사람들처럼 말이다. 매일 매일 온몸과 얼굴에서 각질이 일어났다. 지금은 골프를 치러갈 때 썬크림을 엄청 바르지만, 그때는 그런 거 생각조차 못하고 살았다. 그렇게 내 모습은 태국이나 필리핀 원주민 같이 됐다.

그러던 어느날 나는 용기를 내서 아버지께 도움을 요청한다. 편하게 TV를 보시는 아버지 인상을 살피면서 말을 했다.
"아버지 제가 .. 오토바이로 일을 하고 있는데... 요즘 물량도 늘어나고, 한계가 있어서...요 "
아버지는 대답했다.
"그래서?"
나는 잘될 것 같은 느낌에, 더 용기를 내서 말했다.
"150만원만 빌려주시면, 소형 중고승합차 하나 사고 싶습니다. 물량도 늘고, 얼굴도 타고... "
당시 5년 탄 봉고나인 중고차가 250만원에 나온 게 있었다. 이걸 사서 일을 할 수 있다면 좋겠다고 생각했다. 나머지 백만원은 내가 모은 돈으로 보태서 하려고 했었다. 그래서 용기내서 부탁을 드렸던 거다. 하지만.. 내게 돌아온 말은 이랬다.

"오토바이로 잘하고 있구만... 일 잘된다면서~

　네가 벌어서 해라~!"

몇 번을 망설이다가 부탁드린 거였었다. 한여름 33~4도 이글
거리는 햇살에 참고, 버티다 또 버티다가 말했었다. 할까 말
까 수차례 망설이다가 꺼낸 부탁이었다. 그러나 아버지는 잠
시의 주저함도 없이 바로 안 된다고 하셨다. 부끄럽기도 하
고, 섭섭하기도 했다. 하지만 아버지가 반드시 해 줄 거라고
는 생각 안했기에 그냥그냥 괜찮았다. 좀 더 노력해서 내 돈
모아서, 내 힘으로 해보자! 그렇게 생각했다.
그리고 나는 씻기 위해서 화장실로 들어갔다. 세면대에 수돗
물을 틀고서 흘린 땀을 씻고 있었다. 수돗물 소리에도 불구
하고, 열려있던 욕실 문 사이로 아버지 목소리가 들렸다.

"정한아(내형님)~ 너 차 있다가 없으니까 불편하지 않나?
요즘 새로 나오는 차 프레스토(현대차)라고 있는데... 내 그
거하나 뽑아줄까~?"
방금 전 내게 말하셨던, 그 아버지가 맞는지 내 귀를 의심했
다. 특유의 경상도 사투리의 내 아버지 말이 분명했다. 갑자
기 울컥하면서 서럽고, 가슴이 아팠다. 세수를 하고 있는데,
물과 눈물이 뒤섞였다. 계속 눈물이 흘러서 나갈 수 없었다.

슬픔이 분노로 바뀌면서 숨을 쉬기가 어려울 정도였다.

"참자! 못들은 거다! 울지 말자!"

혼잣말로 나를 다독거렸다. 그렇게 진정시키면서, 수건으로 얼굴을 닦고 나왔다. 순간 쇼파에 형님과 함께 앉아서 TV를 보시던 아버지와 눈이 마주쳤다. 갑자기 참았던 눈물이 왈칵 쏟아졌다. 엉엉 소리내 울면서 억울함에 거실벽을 계속 내려쳤다.

아버지가 말했다

"점 마 와 저라노?"

나는 아버지 목소리에 순간 눈이 확~ 돌아가고, 피가 거꾸로 솟구쳤다.

"야~~~~~~~!!!!!! 씨~발~!!! 이놈의 집구석~~~~!!! "

하면서 굉음을 질렀다. 순식간에 완전히 미친 사람이 돼버렸다. 수건을 아버지 쪽으로 냅다 던지고, 현관문을 발로 차고 뛰쳐나갔다. 정원 울타리에 벽돌을 뽑아서, 주차장에 놓인 아버지 차 뒷자석 유리창을 향해서 집어던졌다. 승용차 뒷 유리창을 뚫고, 앞 유리창까지 벽돌이 떨어졌다. 어지간한 힘으로 차 유리를 뚫기란 어려운건데, 온힘을 다해서 던졌나 보다. 던져놓고도 순간 내가 놀랬다. 그리고 대문을 발로차고 뛰쳐나갔다.

여기저기 동네방네 큰 소리를 지르면서 다녔다. 맨발로 펄떡 펄떡 뛰면서, 거품을 물고 짐승처럼 손으로 땅을 쳤다. 전봇대를 발로차고, 소리 지르고, 울고... 그렇게 한참을 미친 사람처럼 날뛰고 나서야 정신이 돌아왔다. 숨을 헐떡이면서 호흡을 가다듬었다. 땅을 내려쳤던 오른손은 온통 피투성이가 됐다.

그 상태로 마트에 들어갔다. 손에 피가 흐르고 맨발로 서성대는 나를 보고 사람들이 피한다. 나는 소주를 사서 나오면서 병째로 들이켰다. 알코올이 온몸에 급습해오면서 세상이 흐물흐물 해 보였다. 모든 것이 나를 무시하는 것 같고, 나를 싫어하는 것 같았다. 옆에 있는 놀이터 시소도 나를 불쌍하게 보는 듯 했다. 나는 그 놀이기구를 발로 차고 또 찼다. 거의 발작에 가까웠다. 술에 취한 나는 시소 옆 벤치에 누워서 잠이 들어 버렸다.

눈을 떠보니 새벽이었다. 슬금슬금 집으로 들어갔다. 아이들은 아무 일 없었다는 듯이 평온하게 잠들어있다. 아내는 그 시간에도 잠을 자지 못하고, 정신 나간 사람처럼 멍하니 벽에 등을 대고 쭈그리고 앉아 있었다. 나는 고개를 숙이고 그 옆에 누웠다. 술에 취해서 축 늘어진 나를 아내는 조심스럽게 어루만진다. 내가 불쌍한 듯 베개에 뉘여 날 눕혔다. 자신이 너무 초라하고 아내에게 미안해서 몸을 돌려 등지고 누웠다. 아내 등에 살짝 넘어온 이불이 닿지 않게 움직이지 않으려고 하면서 움 추렸다. 쉽게 잠은 안 오고, 눈물만 자꾸 흘렀다. 우는걸 아내에게 안 들키려고 "음 음" 작은 기침을 하고 조금씩 뒤척이면서 잠든 척 했다.

당시 형님은 회사를 다니다가 사표를 쓰고 집에 내려와 계셨다. 우리는 모든 식구가 함께 모여 사는 대가족형태로 자식들이, 아버지 집에 얹혀살고 있었던 셈이다. 나는 일을 하는데 필요한 차가 필요해서 말 한 거였고, 그것도 사달라고 한 게 아니라 돈 빌려달라고 했었던 거다. 사실 내심으로는 아버지가 그냥 사주실 수도 있다고, 그런 생각을 했었다. 그래서 내 마음이 더 서러웠었나 보다. 그런데 아버지께서는 회사를 그만두고, 그냥 놀고 계시는 형님에게 차가 있다가 없으면 불편하다는 이유만으로 차를 사준다는 거였었다.

아마 내가 씻으러 욕실에 들어가기 바로 전에, 내가 중고차 이야기를 해서, 형님 차 이야기도 나온 것 같았다. 아무이유도 모르고, 난리를 당하신 아버지께서는 다음날 저녁때 나를 불렀다. 그리고 이렇게 말씀하셨다.

"아무리 생각해봐도 니는 정신 좀 이상타.

많이 생각했는데... 니 여기서 나가라~"

아버지는 우리 네 식구, 짐을 싸서 집을 나가라고 하셨다. 난 아내와 아이들을 데리고 집을 나갔다. 아내는 아버님 어머님 그동안 감사하고 고마웠다고 말하면서 큰절을 올렸다. 나는 애들을 데리고 밖에서 아내를 향해서 소리를 쳤다.

"나와라~! 뭐 할라고 절을 하고 난리야, 쫓겨나는 마당에 빨리 나와라~! "

내 품에 안긴 아이들은 영문도 모르고 울고불고 보챈다. 눈물을 흘리며 나오는 아내랑 애들은 무작정 동네 부동산을 찾았다. 마치 피난민 같은 느낌이었다. 방안에 가구는 방이 정해지면 차를 불러서 옮기기로 했다.

그렇게 동네 개인주택 귀퉁이에 외부화장실 옆에 붙어있는 단칸방을 얻었다. 월 4만원인가를 냈다. 그때서야 나는 아내와 두 아이를 책임지는 진정한 가장이 되었다. 그리고 본적이 대전시 서구 괴정동으로 바뀌었다. 그 전엔 아버지 본적인 경남 창녕군 이었다. 결혼 후 부모님집에 살았기 때문에 본적이 그대로였는데, 분가를 하니까, 내가 호주가 돼서 본적도 바뀐 거다. 그렇게 우리의 독립된 생활은 초라하고 서글프게 시작되었다.

개인주택 문간방이라고 하는 곳 이었다. 일단 주인집 대문을 통해서 들어간 뒤에, 건물 뒤쪽으로 돌아가면 조그만 방문이 있다. 그 방문이 우리집이였고, 그 문에 딱 붙어있는 더 작은 문이 부엌이다. 부엌은 연탄보일러가 있고, 찬장(부엌가구)이 몇 개 놓여 있는 게 다였다. 겨울이 오기 전에 미리 연탄을 사다가 쌓아놔야 했다. 겨울이 되면 연탄 값이 오르기 때문이다. 나는 남보다 일찍 연탄을 시켰다. 그리고 길가에 놓고 가면 된다고 하고, 그 연탄 3백장을 우리 집 부엌까지 내가 직접 옮겼다. 부엌까지 배달을 시키면 돈을 더 내야 했기 때문이었다. 그렇게 몇 천원도 아끼면서 살았다.

처음으로 연탄을 때서 따뜻하게 방바닥을 확인하고, 잠이 든 날이었다. 이 집은 자다가 화장실을 가려면, 집 밖에 대문까지 가야 화장실이 있다. 그렇게 자다가 일어나서 화장실을 갔다 오면 잠이 달아난다. 옛날에 할머니들이 방안에 요강이라는 것을 옆에 두고 주무셨었다. 우리도 그렇게 시장에 가서 요강을 사다놓고 살았다. 그날도 새벽에 소변이 느껴져서 일어나려고 했다. 그런데 몸이 말을 듣질 않았다. 내생에 처음으로 느껴지는 이상한 몸의 반응이었다. 분명 의식은 있는데, 몸이 꿈쩍도 하지 않는다. 나는 직감적으로 연탄가스 중독이 떠올랐다. 바둥 바둥 거리면서 발버둥을 치기 시작했다. 갓 태어난 딸과, 아들과 아내가 옆에서 아무것도 모르고 자고 있었다. 손가락 하나 움직일 수 없어 미칠 것 같았다. 이러다 우리식구 다 죽을 수도 있다는 생각에 계속 발버둥을 쳤다. 문 옆에서 자는 내가 이정도이면, 아들, 딸 아내는 더 심각할 것 같았다. 더 악을 쓰면서 발악을 했다.

그 순간 내 왼쪽발이 문 옆으로 움직였다. 그리고 왼발가락 끝으로 문을 여는데 성공했다. 찬바람이 들어오면서 아이들과 아내는 서서히 움직이기 시작했다. 살아난 것이었다. 그리고 비틀비틀 거리면서 부엌으로 가서 김칫국물을 마셨다. 아이들도 의식을 회복하고, 물과 동치미국물을 먹였다.

그날 그 난리를 치고, 나와 아내는 서로 부둥켜 앉고 얼마나 울었는지 모른다. 살아나서 좋아서 우는 건지, 쫓겨나서 속상하고, 서러워서 우는 건지... 우리는 그냥 서로를 보면서 울었다. 아침에 아이들을 데리고 병원에 가라고 하고, 난 일을 나갔다. 그리고 집주인에게 말해서 연탄 들어가는 곳과 구들장 등등의 보수공사를 시켰다. 그렇게 우리가족은 엄청난 재앙을 피해갔다.

그렇게 살고 있던 어느 날 모교인 배재대학교에서 나의 미술 스승인 김치중교수님께서 연락이 왔다.

" 정용아~ 다음 학기부터 우리학교 강의 나와라~"

"네?"

난 내 귀를 의심했다.

"야~ 임마 학교 강의 나오라고~

학생들 기초실기부터 강의를 줄 테니 잘해봐~"

"아... 네 네 교수님"

그렇게 나는 27살에 대학 강단에서 강의를 하게 된다. 가을 학기부터 강의라서 9월을 기다렸다. 나는 학생들에게 교수님 소리를 듣는 시간강사가 되었다. 매일 출근해야하는 학습지 외판원은 사표를 냈다. 매주 수요일 배재대학을 올라가서 강의를 해야 했기 때문이다. 훌륭한 교수가 돼야겠다고 마음을 먹었다. 대학원 다닐 때 받았던 상처를 이 학생들에게 되돌려 주고 싶지 않았다. 학생들 앞에서 먼저 학점기준에 대해서 말했다.

"여러분들의 그림실력이 학점 기준이 아닙니다.

얼마나 더 노력하고, 성실 하게 작업을 하는지가 기준입니다."

그렇게 교수로써 채점의 기준을 공시하고 수업에 들어갔다. 1시간 강의를 위해 10시간은 더 공부를 했던 기억이 난다. 강의 외에는 따로 돈 버는 일이 없어서 생활은 힘들었지만 강단에서 강의를 하는 것이 즐거웠다.

하지만 그렇게 대학강사로 생활하다보니 갓 태어난 아들의 분유 값도, 생활비도 부족했다. 그렇게 한해를 보내고, 다음 해 강의 표를 받았다. 이번 봄 학기에는 금요일 4시간 강의 배정을 받았다. 나는 월18~9만원(당시 대학졸업자 초봉이 6~70만원정도) 받았다. 20만원도 안 되는 금액으로 생활을 해보니, 최소한의 가정을 이끌 수입은 안됐다. 게다가 방학 기간에는 강사료도 안 들어온다.

나는 음료수회사에 가짜이력서(고졸로 작성)를 냈다. 트럭을 몰 수 있는 나는, 음료수 배달같은 단순한 일을 해야 했다. 강의를 하는 사람이 스트레스를 받는 학습지영업사원 같은 일은 어려웠다. 아주 큰 음료수회사였고, 신문 공채로 뽑는 것이었다. 육체적 노동이 동반된 판매영업직이라서 급여도 높은 편이었다. 면접 보는 날, 나는 긴장을 했다. 면접관이 자기소개를 하라고 해서 이렇게 말했다.

"저는 일주일에 한번은 회사 출근 못합니다. 그러나 저를 뽑아주십시오~! 학습지회사에서도 우수사원이었습니다. 힘도 좋아서, 남보다 더 많은 매출 올릴 수 있습니다. 이유는 묻지 마시고, 일주일에 한번은 출근 못하는 대신, 다른 사람보다 더 많은 매출 올릴 자신 있습니다. 뽑아주세요~!" 면접관이 당황했다.

"어허 이 친구 특이하네... 이유를 말해보게나 여긴 조직사회야 자네만 하루 출근 안한다면... 이곳 통제가 잘 되겠어? "

나는 한번 더 말했다

"사실 음료수도 그냥 배달식이라면, 제가 이런 요구안합니다. 사원이 마트 사장님과 잘 지내고, 유대를 잘해서 친해져야 매출도 올라갑니다.

요즘 콜라도 이것저것 저가제품이 많이 나와서 더욱 경쟁이 심할 겁니다. 한번 채용해보세요~ 반드시 좋은 결과 내겠습니다."

면접 보는 사람들 중 몇 명은 고개를 끄덕였다. 그렇게 집으로 돌아온 후 합격통보를 받았고, 일을 하기 시작했다. 가슴에 C콜라 마크가 빨강색으로 인쇄된 옷을 입고서 말이다. 2.5톤 트럭을 몰고 여기저기 동네방네, 이 시장 저 시장 돌아다니면서 병 콜라, 패트병 큰 콜라, 캔 콜라, 사이다 음료수 등을 팔고 다녔다.

세상은 안될 것 같은 것도 다~ 된다.
안될 것 같다고 해서 우리는 시도를 안 한다.
될 것 같은 것만 한다면 사는 게 정말 재미없을 것이다.
안될 것 같았던 것이 될 때, 더 즐겁고, 행복해진다.

4,5월이 되면 이 브랜드의 음료사업은 영업력이 필요 없다. 서로 갔다달라고 난리다. 그냥 가져다주면, 슈퍼에서 다 받았다. 지하실에 사재기를 하는 업소도 많았다. 말 그대로 떵떵거리면서 팔 수 있었던 최고브랜드의 콜라였다. 실적을 올리는 것은 더 많은 노동을 하면 되는 거였다. 남보다 더 많은 실적을 내려고 땀 흘려 일을 했다. 지하실에 2.5톤 한 차를 짝으로 내리고 나서 차에 오를 때 면, 속옷까지 땀에 다~ 젖어버리고, 꼭 한번 현기증이 났었다. 그렇게 억척스럽게 일을 해서 영업실적은 항상 상위권이었다.

그러던 어느 날 배재대학교 밑에 있는 도마동 시장에서 콜라를 나르고 있었다. 병 콜라 짝3~4개를 차곡차곡 쌓아서 한꺼번에 등짐(아기 업듯이 짊어지는 방법)을 지고 시장슈퍼 지하에 계단으로 올라갔다 내려갔다 했었다. 보조직원과 2인 1조로 일하고 있었는데... 그 직원이 날 쿡쿡 찌르면서 내게 말한다.

"저기 학생들이 주임님을 아까부터 계속 보고 있어요..." 나는 그가 말하는 곳을 바라보았다. 피가 거꾸로 솟는 것 같았다. 배재대학교에서 내가 가르치는 학생들과 마주치게 된 거다. 내가 학생들을 바라보는 순간 학생들은 우리 쪽으로 오면서 말한다.

" 교수님~ 교수님"

이 상황을 어떻게 해야 할지 난감했다. 아이들이 말한다.

"교수님 여기서 뭐하세요? 옷은 또 그게 뭐에요?"

티셔츠 가슴에 C콜라 음료수 마크가 찍힌 옷을 보면서 학생들이 말했다. 나는 순간 이렇게 말했다.

"우리형님이 이거 대리점 사장이잖아~^^ 애들아~반갑다. 어떻게 왔어? 야~ 요즘 장난 아니다. 음료수 사재기가~ 와우 난리도 아냐. 형님네 일 도와주고 있어, 너희들도 좀 와서 날라라 ㅎ"

그날은 아이들과 함께 일을 빨리 끝낼 수 있었다. 순간적 재치로 무사히 잘~ 넘어갔다. 회사로 들어갈 때 옆에 조수석에 타는 보조직원이 물었다.

"교수님... 이세요?..."

"일주에 한번 강의 나가는 시간강사입니다.

회사에는 비밀로 해 주세요"

그렇게 세월을 보내면서 기본적인 가정을 유지하면서 살았다. 그러면서도 나는 교수의 꿈도 함께 키워나갔다. 그렇게 알뜰히 모은 돈으로 아파트를 분양 받게 된다. 당연히 대부분은 대출로 분양받은 것이다. 무거운 음료수를 나르다가도 시간만 되면 분양받은 아파트 공사장을 찾았다. 이제 땅을 파고 기초 공사 중인데도 뿌듯했다. 배달이 정말 힘들 때도 공사장을 찾아가서 한층한층 올라가는 것을 보면 힘이 났다. 그렇게 나의 첫 아파트는 내게 힘이 되었었다. 연탄가스를 맡았던 그때를 기억하면말이다. 나의 첫 아파트입주 때의 행복했던 기억은 평생을 갈 것 같았다. 더 힘을 내고 살았다.

　생활비에 필요한 금액만 아내에게 주고, 남은 돈은 그림을 그렸다. 기왕 이렇게 될 바 에는 작가로써도 열심히 그림을 그려서 인정받고 싶었다. 그렇게 인정받고, 강의경력도 쌓다 보면 미술대학교수가 되는 것이 전혀 불가능한 것은 아니라고 생각을 했다.

일하고, 강의하고 남는 시간은, 거의 다 그림을 그렸다. 그룹전(모임전)에도 작품을 냈고, 공모전(수상을 위한 출품과 전시)에도 작품을 냈다. 그리고 작가가 되려면 먼저 그 지방 초대작가도 돼야 했다. 숨어 지내 듯 산 속에서 그림만 그린다고, 누가 알아주는 것이 아니다. 여기저기 나를 알리고 노력해야만, 화가로 먹고살 수 있는 거다. 그래서 대한민국미술대전, 대전광역시 미술대전등 관 주체, 사 주체 공모전도 계속 출품하면서 경력을 쌓았다.

하지만 미술대전에서 큰 상을 수상하기란, 정말 힘든 일이다. 작품성도 중요하지만... 심사위원이 누가 들어가느냐가 더 중요하다.어느 대학 출신이 들어갔느냐에 따라서 수상자가 매번 다르게 나온다. 홍익대학교 출신이 심사위원에 들어가면, 그 대학 출신들이 큰 수상을 많이 한다. 나의 모교인 배재대학은 내가 2회 졸업생이라 선배들이 화단에 입지를 갖추지 못했다. 당연히 특선 이상의 수상을 한다는 것은 거의 불가능했다.

교수들은 심사에 들어가는 게 목표고, 심사해서 자기 대학 출신들 상을 많이 줘야 했다. 그래야 유능하고 능력 있는 교수로 평가받는다. 공모전 심사위원 결정은 미술협회에서 한다. 그래서 대학교수들이 미술협회장이 되려고 안달이다. 그래야 심사위원을 자기편으로 위촉하고, 내편 네편 가려서 상을 준다. 그러니 그림만 잘 그린다고 해서 절대로 큰상을 받을 수 없다. 입선은 작품 좋으면.. 가능한 상이지만, 특선부터는 대부분 인맥이고 학연이다. 편 가르기를 해서 나눠 먹는 것이 대부분이다.

그러던 어느 날 내게도 기회가 왔다. 평소 잘 알고 지내던 분이 대전시미술대전에 심사위원으로 들어간다는 것이다. 드러나지 않는, 당시에는 공공연한 비밀이었다. 대전시미술대전 심사위원으로 위촉될 그를 만났다. 나의 화실에서 이번에

출품할 작품이라고 보여줬다. 그림을 보시더니, 무엇보다도 작품이 좋아야하고, 그 다음이 심사위원의 역할이라고 말한다. 작품마무리 잘하고 나중에 한번더 보자고 했다. 난 그렇게 하겠다고 하고, 작품 완성 후 그분을 다시 불러 보여줬다. 그렇게 출품한 작품은 마침내 대전광역시장상인 종합대상을 수상하게 된다. 수상의 기쁨도 컸고, 상금으로 700만원을 받았다. 그 상금으로 한 달 이상 술을 마시고, 그렇게 상금 그 이상의 돈을 썼다. 이 글로 인해서 대상수상이 취소될 수도 있지만 솔직하게 쓰고 싶어 남긴다.

 나는 화가의 길에 점점 회의감을 느끼기 시작했다. 나의 깊숙한 양심에 부딪쳐서 매일매일 혼란스러운 나날을 보냈다. "사회는 그렇다 하더라도, 예술의 세계는 이래서는 안 되는데…"
혼자서 매일매일 정체성과 혼란성에 많이 힘들어 했다. 대상을 받고, 대전광역시 초대작가도 되었지만 나는 점점 미술계에서 마음이 멀어졌다. 더럽게 타협해가는, 변해가는 내 모습이 싫었다. 이렇게까지 해서 유명화가로 등극해야 하는 것인가? 이런 것들이 진정 예술의 세계란 말인가? 이런 혼란스러움으로 계속해서 힘들었다.

한국미술협회가 있고, 그리고 그 밑에 대전미술협회가 하
부조직 단체로 있다. 대전미술협회는 대전지역 미술인들을
위한 단체다. 한국미술협회의 지원을 받아서 화가들에게 공
공이익을 주는 단체다. 한국미술협회는 국가와 지방단체로부
터 지원을 받는다. 당연히 미술인들도 미술협회원이 되려면
엄정한 경력도 보고, 심의를 해서 회원이 된다.

그리고 회비도 낸다. 국비와 지방광역단체에서 주는 지원금
과 회원들 회비로 운영된다. 그런데 이 단체가 회원을 위한
단체라기보다는 그냥 형식에 불과했다. 미술협회장은 그 지
역 대학교수들이 그 자리를 독차지 한다. 역사가 깊은 대학
일수록 협회장 당선가능성이 높다. 전의 경우 한남대학교가
그렇다. 그 대학 출신들이 숫자로 우세해서 매번 당연한 결
과를 낸다. 협회장은 회원직선제로 뽑는다. 미술계에서 줄을
잘못 섰다가는 협회에서 왕따가 된다.

요즘은 종종 대학교수들끼리 학교별로 돌아가면서, 서로 협
회장직을 양보하면서, 단독출마를 해서 돌려먹기를 한다. 우
리 사회 그 어떤 단체도 대부분 마찬가지라고 알고 있다.

**우리 사회 대부분의 단체장이 회원들 시중드는 그런 사람이
되었으면 좋겠다.**
특히 사단법인, 공공협회, 협동조합, 공사대표직 같은 자리

들은 더욱 그래야 한다. 대통령도 국민들 시중을 들었으면 좋겠다. 대통령이 국가를 대표하는 사람이지, 국가의 상징은 아니기 때문이다.

대표가 상징성을 띠는 것처럼 된다면, 군림하고, 자기 명예만 채우게 될 것이다.

미술인을 위한 모임이 미대교수들이 돌려먹는 명예의 자리로 알고 있는 한, 미술협회는 절대 정상적으로 갈 수 없다. 미술협회 회장은 미술인들 밥 먹고, 살게 도와주는 자리여야 한다. 미대교수들의 명예를 위한 자리가 절대로 아니다. 미대교수는 협회 회장직 출마 자체를 막아야 한다. 그래야 이권이 발생 안하고, 이 대학 저 대학 편 가르기도 사라질 것이다.

나는 도저히 이 세태를 보고만 있을 수 없었다. 그렇게 나는 대전광역시미술협회회장출마를 결심하게 된다. 보통 교수나 원로급이 출마를 하는데... 나는 고작 30대 청년작가였다. 황당한 사건에 가까운 일이었다. 당연히 미술계를 떠날 각오로 덤벼들었다. 비판만 하고 있는 자신이 싫었다. 이런 미술계를 바꾸지 못한다면, 최소한 나의 생각을 알리기라도 해야, 앞으로 내가 편할 수 있을 것 같았다. 이런 미련하고 황당한 생각과 행동이 일반 사람들과 내가 다른 점이다. 그로인해서 많이 아플 텐데도 말이다...

 당시 회장 출마는 공탁금 150만원을 납부해야 했다. 정상적으로 선거운동 하려면, 추가로 몇천만원은 더 써야 가능한 회장직이다. 그렇게 돈을 쓰고 얻게 되는 자리라서, 회장 당선 후 당연히 이권에 관여하게 된다. 나는 당선하기 위해서 출마를 한 것이 아니었다. 때문에 공탁금 내는 것 이외에는 선거를 위해서 그 누구도 만나지도, 돈을 쓰지도 않았다. 그냥 모든 미술인들에게 간절하게 할 말이 있었을 뿐이었다. 먹고 살기 힘든 사람들의 단체라서 미술협회는 이래서는 안 된다는 것을 호소하는 거였다. 선거 당일 날 소견발표가 시작되었고, 드디어 내 차례가 왔다. 난 그대로 내 생각을 말했다. 힘차고 당당하게 말했다.

"미술협회회장은 미술인들의 작품 외판원이 되어야 합니다! 창작생활이 어려우니 그들이 먹고 살 수 있도록 해야 합니다. 우리 미술인들을 위해서 희생할 사람이 회장이 돼야 하는 겁니다!
 제가 이 자리에 나온 건 회장이 되려고 나온 게 아닙니다. 우리 모두 변해야 한다는 것을 말하고 싶었습니다."
갑자기 6백여명이 모인 강당이 조용해졌다. 잠시 정적이 지

난 후에 나는 다시 입을 열었다

"이 나라 미술대학을 졸업했다면, 최소한의 가정을 이룰 수 있는 내나라 돼야 합니다! 안 그렇습니까? 여러분~!! 우리 화가들 작품 팔 각오가 된 사람이 회장이 돼야 하는데... 매번 이 자리는 대학교수들이 명예나 힘을 부리는 자리가 되고 있습니다. 여기가 교수들 누가 잘 났나~하는 경쟁의 장입니까?!! "

울분에 찬 목소리로 크게 소리쳐 외쳤다.

"대학교수는 학교에서 명예를 쌓길 바랍니다.~! 이곳에 나와서 미술인들에게 밥 사면서 한 표 찍어달라고 굽신거려서는 안됩니다! 여기는 미술인들의 장입니다. 팔이 안으로 굽는다는 것, 다 아는 사실 아닙니까? 매번 공모전에서 우리학교 몇 명? 너네 학교는? 식의 파벌난투장이 아닙니다! 그래서 더더욱 대학교수는 미술협회장으로 출마를 할 수 없게 회칙을 고쳐서라도 막아야 됩니다! 여러분~!! 여기오신 언론인들도 알아야 합니다. 교수의 작품은 더 비싸고 가치가 있지 않습니다. 큰 상을 받은 사람 작품이 더 특별하지는 않습니다. 사회가 그렇게 만들면서 점점 예술은 썩어 문드러지는 겁니다."

6백여명이 모인 대강당에서 나는 원도 한도 없이 저돌적으로 외쳤다. 내가 받은 표에 비하면 정말 대단한 박수를 받았다. 당연히 최소 표를 받고 대회장을 나오는데... 나를 강단에 세워 준 나의 스승인 김치중교수와 얼굴이 맞았다. 그분의 입가에는 쓴 미소 뿐 이었다. 돌아오는 길이 너무도 외로웠다. 다들 식당에서 당선된 사람과 함께 건배를 하는데... 나는 가슴까지 차오르는 울분의 감정을 도닥거리면서 친구랑 허름한 가게에서 소주한병을 나눠 마시고 아내와 아이가 있는 집으로 돌아왔다. 그 다음해부터 나는 배재대학교 강의를 나가지 못했다.ㅜㅜ

IMF와 2002m그림

  나는 대학 강의를 나가면서 꽤나 유명강사로 알려졌다. 그
때쯤 그 유명세에 힘입어 대전의 신도시 둔산동에 미술학원
을 운영했다.

산부인과나 병원에 상호는 의사의 이름을 달고 운영하는 곳
이 많았다. 이름을 왜달까? 나는 곰곰이 생각해봤다. 이름을
건다는 것은 책임감인 것 같았다. 나도 미술학원에 나의 이
름을 걸어야겠다고 생각했다. 아마도 미술학원 간판에 이름
을 건 것은 내가 최초 인 듯싶다. [조정용미술학원]이라는
간판을 걸었다. 그동안 고생고생해서 분양받았던 나의 첫 아

파트와 그 후에도 부지런히 모은 돈으로 화려하게 오픈을 했다.

참치캔배달/ 학습지 외판원/ 일용직 잡부/ 음료수 배달/ 오토바이 택배/ 인쇄배달/ 광고지 부착/ 명함 돌리기/ 식품배달... 등 셀 수 없을 정도로 많이 일했다. 그림 그리고 강의하면서 병행 한 일들이다. 아내가 한말이 기억이 난다.

"당신이 들고 다녔던 명함만 모아놔도,

　책 한권이나 되겠어요~^^"

그렇게 모은 돈으로 대전의 신도시 둔산동에서 미술학원을 운영하게 된다. "대학교 교수가 운영한다면서" 등등의 입소문이 나면서 학원은 성황을 이루었다.

　당시에 나는 유아교육과, 아동학과에서 미술과 심리학을 병행해서 강의를 했었다. 아이들 미술이 얼마나 중요한지를 강조하면서 지역 어머니들을 끌어 들였다.

"아이들 그림은 그들의 언어이고, 감정표출구고, 의사소통 구입니다." 그 그림을 잘못 이해하고 다가가서면 아이들 마음이 다칠 수도 있습니다."

엄마들 입장에서는 상당히 치명적인 내용의 상담이다. 이런 나의 상담방식과 아동미술의 중요성 때문에 많은 학부모들이 공감을 해줬다. 당시 서울대, 홍익대 미술대학을 나오신 엄마들도 미술학원에 속속 입학시켰다. 그분들이 상담할 때는 일반 학부모들과 많이 달랐다. 자녀 미술학원 입학상담에 대단히 당당하게 나타난다. 대한민국 최고의 미술대학을 나오신 분들이니까, 충분히 그럴 수 있다. 미술학원 원장실에서 내게 말한다.

"원장님 배재대학교를 졸업을 하셨다 면 서요~?"

"맞습니다!

배재대학교 사범대학 미술교육과를 졸업 했습니다"

나는 여유롭고 자신감 있게, 당당하게 말했다. 처음에는 뻣뻣하게 들어와서 상담하던 학부모들은 자녀를 입학하는 순간 태도가 바뀐다. 고개를 숙이고, 원장인 내게 굽신굽신 인사를 한다. 아동미술은 역시 다른 부분이고, 전문가가 따로 있어야 한다면서 바로 수긍을 한다. 내 아이 잘 부탁한다고, 두 번 세번 반복해서 인사를 하면서 학원 상담실을 나간다.

당시에는 아동미술이란 학문이 완전히 분리되기 전 시기였다. 요즘은 아동미술학과가 별도로 생겨서 자리가 잡혔다. 학부모들은 미술교육과 아동미술교육의 차이를 인정하고 전문가를 찾기 시작했다. 그림을 잘 그리게 하는 교육과 그림으로 생각을 잘 나타내는 아동미술교육과의 차이를 설명하기란, 무척 어렵고 힘든 상담과정이었다. 점차 나의 상담은 유명세를 타고서 학원은 점점 흥해 갔다.

그러나 전혀 예상치 못했던 일이 벌어지고야 만다. 국가적으로 큰 재난이 닥쳤던 것이다. IMF라고 하는, 국가부도사태를 당하게 된 것이다. 그렇게 잘나가던 학원운영은 순식간에 망했다. 모든 종류의 학원이 다 망한 것은 아니었다. 매일 방송에서 금 모으기 운동을 한다. 여기저기서 실업자가 하루에도 수만 명씩 생겨난다. 앞집 옆집 아저씨들이 실직자가 돼서 길거리를 배회한다. 방송에서는 허리띠를 졸라 매고서 살아야 한다고 들 난리다. 그렇게 가정에서 어머니들은 아이들 교육을 줄여나갔다. 학원을 줄이는데... 피아노학원은 손이 굳는다고, 당장 못 끊는다. 영어, 수학, 과학 등은 성적 때문에 엄마가 식모생활을 해서라도 보냈다. 하지만 태권도와 미술 학원은 바로 끊어 버렸다. 대전에서 3개의 학원을 운영했던 조정용미술학원이 무너지기 시작했다. 3~4백 명이던 학원생 수는 3분1토막이 났다.

제2학원 전민동건물은 대출받아서 분양을 받았는데, 당시의 충청은행은 원금상환을 요구하더니 은행도 망하고 문을 닫아 버렸다. 이후 충청은행은 하나은행으로 통합되어 다시 문을 열었다. 그리고는 대출금액의 조속한 상환을 요구한다. 게다가 무려 20%에 가까운 이자를 내라는 것이다. 도저히 버틸 수 가 없었다. 둔산동 메인 학원을 정리했다. 전민동 제 2학원도 정리하려고 내놨다. 월평동 제 3학원은 문 열자마자 문 닫아버렸다.

나는 매일 술로 살았다. 어떻게 살아왔고, 어떻게 모아온 재산인데... 이렇게 허무할 수가 있나... 집도 내놓고, 주택가 단칸방으로 옮겨야 했다. 아무것도 모르는 딸이 당시에 4살 이었다. 이사를 가면서 학원 봉고차에 몇 가지 작은 가구를 싣고, 딸도 옆에 앉혔다. 아파트 앞 주택가 반 지하로 이사를 가는 중에 딸은 이렇게 말했다.

"아빠 피아노는? 피아노도 가져가는 거지?"
나는 말했다
"응 응 그럼~! 좀 있다가 가져 올 거야~"
딸의 머리를 쓰다듬으면서 말했다. 눈가에 살짝 눈물이 고인 것을 딸아이에게 들킬까봐, 봉고차를 잠시 세워놓고 내렸다. 속상한 마음에 눈물이라도 날까봐 잠시 봉고차 주변을 서성이다가 다시 차에 올랐다.

IMF는 감정의 기복이 심한 나를 더욱 비참하게 만들었다. 시간이 갈수록 내 자신을 주체 하지 못했다. 그동안 살아온 것을 생각하면서, 앞으로 또 다시 벌어질 고통을 생각하면서, 끝내 나는 죽어야겠다고 생각을 한다. 그렇게 어느날 자살을 결심하고, 가족들에게 따뜻한 말 한 마디씩 남기면서 통화를 했다.

"힘들지.. 잘 될거야~

애들 좀 바꿔봐~

야~ 씩씩한 아들! 하 하 하

우리 아들 대단해요~~

동생은 옆에 있어? 바꿔 줘봐

예쁜 딸~~~~ 으~구~

피아노는 조금 있으면 가져다 줄 거야~..."

나는 통화를 계속해서 이어 갈수 없어서 전화를 끊었다. 친구를 찾았고 친구를 만나서 지나온 이야기를 하고 이것저것 살아온 일들을 회상을 하면서 술을 들이켰다. 친구가 간 뒤에, 나는 마트에 가서 싸구려 양주를 한 병 더 사서 한번에 들이켰다. 몸을 가눌 수 없이 흔들거렸다. 정신은 온통 이 나라, 이놈의 더러운 사회에 대한 억울함과 비통함으로 가득 차있었다.

몸은 비틀거리지만 정신은 멀쩡한 듯 했다. 비틀비틀 거리면서 나는 둔산동 남선공원 주변을 늑대처럼 소리를 내서 울고 다녔다. 지나가는 사람들이 무서워서 나를 피하고, 여기저기서 나를 향해서 손가락질 하는 것도 희미하게 느낄 수 있었다. 지금 나는 사람이 아니었다. 그냥 지쳐 쓰러져 죽을 그냥 만취한 쓰레기일 뿐이었다. 공정하든 공정하지 못하든, 내가 태어나 살고 있는 이 나라의 규칙 속에서 완전히 패배한 상태의 그냥 보잘것없는 핍폐한 패배자였다.

"그래 죽자! 이 술이 깨고 나면...

그 엄청난 상황을 또 봐야 할 텐데...

어떻게 감당 할 수 있단 말인가. "

나는 차로 이동했다. 그리고 차에 올라탔다. 심호흡을 한번하고 시동을 켜고서 갑천(대전중심하천) 다리를 향해서 달렸다. 엄청난 굉음을 내면서 질주를 했다. 그리고 다리 난간을 향해서 질주를 했다.

그런데 갑자기 눈앞에 아들과 딸 그리고 아내의 모습이 어른거렸다. 차 앞 유리가 TV처럼 보이고, 그 속에서 우리가족들 모습이 나타나서 나를 바라보는 것이었다. 환상이었다. 나는 급정거를 하고, 잠시 핸들에 얼굴을 대고 있었다. 눈물이 흘렀다. 억울해서 울었다. 난 어떻게 이리도 못살고 가냐고... 난 왜 이토록 무능한지... 난 왜 남보다 부족하게 태어난건지... 나는 하늘을 원망하면서 통곡을 하고 울었다.

정말 남보다 열심히 했는데... 경비한테 쫓기면서도.., 교무실에 가서 몸 수그리면서 일했는데... 체면이고, 아무것도 없이 성실하게 살았는데... 그렇게 살아왔던 생각들이 지나가면서... 마음이 더욱 격해졌고, 눈물과 내 울음은 통곡으로 변했다. 울고 또 울었다. 그렇게 핸들에서 고개를 들었다. 그리고 또 생각했다. 또다시 술이 깨고 난 뒤를 생각하니, 다시 막막해졌다.

나는 차를 몰아서 마침내 다리위에 다 달았다. 그리고 핸들을 다리난간 강물 쪽 방향으로 힘차게 돌렸다. 쾅하는 소리와 함께 나의 몸은 여기저기 부딪쳤다. 그리고 눈을 떴을 때는 다리난간을 치고 튕겨 나와서, 차가 뒤틀렸고, 다리를 건너던 남의 차를 들이 받은 것이었다. 튕겨져 나간 내차는 몇 백미터를 더 달리고 나서 멈췄다.

피해차량도 다리 위 난간에 부딪혀서 아슬아슬하게 매달려 있었다. 경찰차가 오고, 나를 차에서 내리게 해서, 새벽에 갑천(대전시내를 흐르는 천)다리가 온통 응급차, 경찰차, 견인차들로 가득 차있었다. 그리고 모든 수습이 끝나고 난 뒤에 경찰은 주택가 반지하방 내 가족들에게 데려다 줬다.

경찰을 통해서 소식을 들은 아내는 집 앞에서 나를 기다리고 있었다. 나를 본 아내는 침착했다. 그냥 나를 계속 쓰다듬듯 만지면서 방에 들어가서 주무시라고 했다. 나는 아이들 옆에 가서 잠이 들었다.

다음날 북부경찰서로 갔다. 기억이 잘 나질 않는다고 했다. 음주운전에, 뺑소니에 불구속 입건이 되었다. 사망사고는 아니지만, 피해자 측이 상당히 다쳤다고 한다. 지금은 불구속이지만, 합의를 하지 않으면 구속도 될 수 있다고 한다. 내게 지금 합의금이 어디 있단 말인가... 내 주변에는 나를 도와줄 사람, 그 누구도 없었다. 그냥 구속돼서 감방에 가는 것이 차라리 낫겠다고 생각했다. 공판이 있던 날, 나는 법원에 갔다. 태어나서 처음으로 가본 곳이다.

"피고 조정용 맞습니까?"
"네"
"사실을 인정합니까?"
"네"
"마지막으로 묻습니다. 상벌 있으면 말 하세요"
죄를 지은 사람들에게 반드시 묻는 마지막 과정이다. 상이 있으면 죄를 조금이라도 경감 시켜주는 제도다. 대통령상, 국회의원상, 시장장 등등을 말하라는 것이었다. 나는 대전광역시장상을 받은 적이 있다. 하지만... 말 하지 않았다.

그냥 이렇게 말했다.

"없습니다. 물의를 일으켜 죄송합니다."

그 것 뿐이었다. 나의 심신상태도 정상이지는 않았다. 무기력한 정신상태였고, 돈이 없어서 합의도 제대로 못했다. 당연히 큰 비용이 드는 변호사 선임도 역시 못했다. 그냥 국선변호사의 형식적인 말 한마디에 의지한 채 재판을 받았다. 결과를 기다리는 동안 나는 제발 벌금형만 나오지 않기를 바랐다. 결과는 징역3년에 집행유예 5년의 상당히 큰 형벌을 받았다. 대전광역시장상 수상경력을 말했다면, 아마도 벌금형이나 또는 그 보다는 낮은 기간의 징역판정을 받았을 것이다. 아무튼 그때는 돈이 너무도 없었다. 그냥 감방에 가서 살고 싶은 마음 뿐 이었다.

나중에 들어서 알았지만, 비용을 들여서 변호사를 썼어야 형이 낮아진다는 것이다. 판사나 검사나 다 같은 법조인이다. 그들이 퇴직 후 사회 나가서 변호사를 한다. 자기 선배들의 배를 불려 줄 수 밖에 없는 일반사회집단과 같은 구조다. TV에서나 들었던 유전무죄 무전유죄라는 말이 머리를 스쳐간다.

모두가 그렇지는 않지만, 이 나라는 이 나라 대학을 졸업해도 먹고살기 어려운 나라였었다. 똑같은 자격증을 갖고도 누구는 교사를 하고, 또 누구는 못하는 나라다. 그래서 더 잘 되려고, 누구보다도 치열하게 살아왔는데 내 인생 전부가 엉망이 되어버렸다. 좋은 대학을 못 나오고, 머리가 나빠서 항상 내게만 벌어지는 일들같이 느껴져서 내 자신은 점점 더 비참해져 갈 수 밖에 없었다.

나라를 부도내고서, 국민들한테 허리띠 졸라매라고 난리다. 지금 내 나라가 너무도 원망스러웠고 싫었다. 차를 몰고 청와대라도 돌진하고 싶은 심정이었다. 그렇게 형을 받고 무기력한 나날을 보냈다.
전민동 반지하 방도 나와서 살림살이 대부분을 버리고, 아버지아파트로 갔다. 아내도 아이들도 아버지아파트 베란다에 책상을 놓고, 쇼파랑 거실에서 잠자고 살았다. 아내는 전민동 미술학원을 혼자서 계속 버티면서 운영했다. 아내는 매일 매일 벌어서 은행 이자로 대부분 갖다 바쳤다.

그러던 어느 날 나는 또 다시 가족을 아프게 하기에 충분한 일을 벌인다. 남은 전민동 상가를 추가 담보로 돈을 받아서 2002년 월드컵 성공개최를 기원하는 그림을 그리기로 한 것이다. 남은 전 재산을 여기에 다~ 써버리고, 무일푼으로 새로 시작해야겠다고 마음을 먹었다.

당시 IMF때는 상가와 건물을 가진 거지들이 많았다. 왜냐면 월세도 반 토막 나고, 대부분 대출이 껴있는데, 이자는 어마어마하게 오르고, 돈을 얹어주고 부동산을 파는 사례까지도 생겨났었다. 아내가 전민동 학원을 운영하면서 이자를 대고, 생활은 아버지집에서 했다. 나는 남은 대출을 받아서 폭 1,5cm 길이2002m의 엄청난 크기의 그림을 기획한다.

그림이 그려질 천(캔바스천)값만 계산해도 수 천만원이 될 것이다. 거기에 물감을 대충 바른다고 해도, 억대가 들어갈 것으로 예상했다. 돈 보다도 3년 동안 전국을 돌아다니면서, 야외에서 그림을 그려야하는데, 인간체력으로 버텨낼지가 궁금할 정도의 불가사의한 일이었다. 나는 생각했다.

"어차피 죽으려고 했던 몸이다.

다시 태어나 살아가려면 다 버리고 새로 시작하자!.

나와의 싸움을 걸어보자.

2002m그림 끝나면,

질려서 더 이상 그림도 안 그릴 거다. "

혼잣말로 각오를 다졌다.

그 당시 나라의 부도는 점점 더 힘들어 갔을 때였다. 2002년 월드컵이나 제대로 치를 수 있겠나... 해서 월드컵 조직위원회에서는 개최를 포기하고, 일본 단독 개최로 변경하려는 움직임도 있었다. 그러나 모든 국민들이 월드컵만큼은 치러야 한다는데 한결같은 마음이었다.

다시 한 번 스스로 결심을 했다.

"그래 내가 이 나라에서 배운 그림으로
내가 하고 싶은 말 다~하고 다녀보자~!"

그렇게 첫 그림은 대전역에서 시작됐다. 전국을 3년 동안 순회하면서 그리는 행사다. 대전역 광장에 45m크기의 천을 펼쳐놓고, 물감을 뿌리기 시작했다. 옆에 나의 취지가 담긴 카달로그도(인쇄책자) 놓고, 인터뷰에서도 말했다

"월드컵 성공개최 후 이 나라 잘되면,
화가도 먹고살 수 있는 내나라 만들어주세요
우리나라는 순수학문 전공자들은 기초 생활조차 어려운 나라입니다."

기자들과 구경하는 사람들한테 팜프렛을 나눠주면서 말했다.
기자들이 인터뷰도하고 팜프렛도 가져가서 이 소식을 알렸다.

[대전시 대상작가 조정용화백은 3년동안 전국을 돌면서
2000미터그림을 그림을 그린답니다.]

신문과 방송뉴스에도 나오고, 그날은 스타가 된 기분이었다.
하지만 "화가도 먹고살 수 있는 ~~~" 그런 이야기는 쏙 빠

져있었다. 2002월드컵이 핵심이라서, 화가도 먹고사는... 이런 내용이 나오면 내용전달이 흐려지니까, 방송국이나 언론이 삭제했던 것 같다. 아무튼 나는 대전, 서울, 부산 등등 전국을 다니면서 그림을 그리기 시작했다.

나는 사실 2002m그림을 스스로에게 벌하는 채찍으로 생각했었다. 그리고 질리도록 그림을 그리고 나면 화단을 떠날 수 있을 거라고 생각했다. 그런 각오로 시작된 일이지만, 시간이 갈수록 많이 힘들었다. 매일 움직이면 돈이 나가는 고통의 2002m그림 그리기였다.

지나가는 행인들이 뭐야? 뭐야? 하면서 관심을 갖는다. 가는 지방마다 방송국에서 취재를 한다. 취지가 뭐냐? 왜 이런 그림을 시작했느냐? 2002m를 그린 다는 게 가능하냐? 후레쉬가 빵 빵 터지고, 인터뷰로 시간이 다 갈 때도 있었다.. 바람이라는 복병도 만났다. 2002m그림은 길바닥에 천을 깔고 그리는 방식이었다. 조금만 바람이 불어도 천이 날리고 접혔다. 벽돌로 눌러놔도 뒤집어진다. 봄바람이 이렇게 강한 줄 몰랐다. 그림 그리는 시간보다, 여기 저기 다니면서 천 붙들고 있는 시간이 더 힘들었다. 그렇게 2002m그림을 하면서 많은 것을 배웠다.

세상은 경험하지 않으면, 알 수 없는 것들이 많다.

생각과 실제는 많이 다르다.

생각만으로는 아무것도 이루어지지 않는다.

생각은 생각일 뿐이다.

행동하지 않는 생각은 그냥 생각이고, 허구다.

시작은 반이라 했는데, 시작은 시작에 불과하다.

과정에서 별별 일이 다 생긴다.

그 별별 일을 극복하는 게 진짜로 행동하는 거다.

그 별별 일이 없으면 좋겠지만,

있었는데도 이뤄내면 더 행복해진다.

그렇게 여름이 다가오고, 뜨거운 태양 아래서 그림을 그렸다. 바람은 없어졌으나, 무더위 속에서 흐르는 땀은 그림을 그리는 천으로 줄줄줄 떨어졌다. 더위보다는 그림이 번지고, 몸이 젖어서 거동이 불편한 것이 문제였다. 진주예술의전당 앞에서 천을 펼치고 그림을 그리는데, 갑자기 하늘이 까맣게 변했다. 의식을 잃은 것이었다. 눈을 떠보니 예술회관 사무실에 내가 누워 있었다. 무더위에 밭에 나간 노인들이 종종 사망한다는 뉴스를 들은 적이 있다. 말로만 들었던 더위에 사람이 쓰러진다는 것을 직접 체험했다.

정말 세상은 만만한 일이 하나도 없는 것이 맞다. 죽을 각오를 하고 시작했지만, 죽을 수도 있겠다는 생각이 들었다. 시간이 갈수록 비용과 체력에서 한계를 느끼기 시작했다.

그러던 어느날 나의 모교인 배재대학교 총장님이 나를 만나자고 연락이 왔다. 총장실 비서한테 전화가 왔다. 약속된 날 대학으로 총장님을 뵈러갔다.

학교 다닐 때도, 강의를 나갈 때도 독대가 어려웠던 총장을 직접 만나는 건, 조금은 긴장되고 떨리는 일이기도 했다. 비서실을 통해서 총장실에 들어가는데, 총장님은 비서실 앞에까지 마중 나왔다. 그리고 나를 먼저 자리에 앉으라고 하고, 총장님도 자리에 앉으신다. 총장님이 말을 꺼내셨다.

"언론보도에서 자넬 보았네~ 한번 꼭 보고 싶었네.
대단한 프로젝트를 하고 있는 걸세,
전 재산을 들여서 2002m그림을 그린다니...
정말로 상상이 안가네~
돈으로만 할 수 있는 일이 절대 아니지 않는가?
내가 도울 수 있는 게 뭔가?"
난 이렇게 대답했다.
"관심 주셔서 감사합니다. 그냥 저와의 싸움이지요.
스스로 정한 목표를 달성할지 궁금했습니다."

우리는 서로 얼굴을 보면서 웃었다. 그리고 진짜 메시지가 담긴 팜프렛을 드렸다. 그냥 쭈~욱 훑터 보시더니 옆에 작은 책상위에 놓는다.

"아무튼 정말 대단하네~ 우리 학교의 자랑이야!

만나서 정말 반가웠네~! "

그러던 어느 날 다시 총장비서실에서 연락이 왔다.

총장님께서 나를 도우려하니 뭐가 필요한지 다~ 말하라는 것이다. 특별히 도움 받을 일은 없었지만, 굳이 말하라고 한다면, 2002m그림 보관 장소를 제공해 달라고 했다. 45m를 하나하나 그려서 보관해야하는데, 마땅한 곳이 없었던 나로서는 그림 보관할 장소가 가장 절실했다. 그 보관 장소에 그림을 보수할 작업 공간도 있었으면 좋겠다고 했다. 학교에 습기가 차지 않는 창고 같은 것을 부탁했다. 그곳에서 그림 수정도 하고, 순서대로 차곡차곡 쌓아 놓을 생각이었다.

나중에 알았다. 당시 총장님은 대전시장과 함께 대전시월드컵조직위원 공동위원장이셨다. 그래서 월드컵성공개최 2002m 그림에 관심을 둔 거였다. 그래서 배재대학교와 대전시 차원에서 내 작품에 특별한 지원을 하려고 했던 거다.

그러던 어느 날 한통의 전화가 왔다.

"네~"

"조정용씨 맞나요?"

"네"

"저도 대전미술계의 한사람입니다."

"그런데요?"

내가 말했다.

"저는 인터넷 미술잡지 편집장입니다.

당신 기사가 올랐으니 한번 방문해서 보세요"

그가 말했다.

자신이 직접 집필을 한 거라면서 알려왔다.

"네 알겠습니다."

하고 며칠 뒤에 알려준 인터넷잡지에 들어가 봤다.

내게 너무도 충격적인 내용의 글이었다.

나의 온몸에 경련이 일었다.

나에 대한 온갖 인신공격과 입에 담기 힘든 인신비방의 글로 가득 차 있었다. 나를 비참하고, 참담하게 하려는 목적으로 평론이 아닌 개인비방의 글이었다. 한동안 분노와 경악으로 마음을 추스르기가 힘들었다. 정확한 사실을 통한 논평이 아니라, 일방적 예측에 의한 비방이었다.

대충 이런 내용이었다.

2억도 넘는 돈을 들여서 하는 2002m그림은 돈 많은 아버지를 만나서 돈 자랑하는 것에 불과하다는 것이었다. 게다가 2002m그림은 화가의 양심을 파는 아주 불순한 행동이고, 그로 인해서 이름을 날리려고 하는 싸구려 이벤트라는 거다. 예술을 팔아먹는 국가적 망신이라는 표현까지도 적나라하게 적혀 있었다.

사실 2002m그림은 국가에 대한 일인시위에 가까운 행사였다. 이런 평가가 나올 걸 우려해서 3년이라는 긴 고통의 시간까지 포함한 거였다. 단순히 돈으로만 쉽게 이루어지는 행사였다면, 그런 말이 나올 수도 있다.

내가 더 가슴 아파했던 건 그분이 같은 미술인이라는 것이었다. 우리를 위한 건데... 우리 모두를 위한 시위인데... 열에 단 한명도 그림으로 생계를 유지 못하는 이 나라인 걸 잘 알텐데...같은 미술인이 이럴 수가 있는 걸까... 슬픔이 밀려왔다.

이글을 내 아들이, 딸이, 아내가 읽을까... 내 부모가 볼까...불안 불안한 맘으로 하루하루를 힘들게 보냈다.

그러던 어느 날, 2002m그림 보관 장소와 화실공간 제공을 약속 했던, 배재대학교(모교)총장실에서 연락이 왔다. 2002m

그림 지원은 없었던 거로 하자는 것이다. 갑자기 돌변한 이유를 듣지도 못하고 전화를 끊었다.

시청에 볼일이 있어 다녀오는데 거기서 알게 되었다. 내게 인터넷기사를 읽으라고 연락하던 날, 그 미술인은 자기가 쓴 그 글을 대전광역시청 시장실, 문화관광부 과장, 시청 게시판 등등에 무작위로 복사해서 올렸던 것이다. 심지어 청와대까지도 올린 것으로 나중에 들어서 알았다. 그것도 모자라서 모든 관공서에 투서를 해놨던 것이다. 대전시 월드컵조직위원장인 배재대학교총장에게도 똑같이 그랬다.

[2002m그림 지원은 절대 있을 수 없는 일이고, 모든 미술인들의 강력한 항의를 받을 것이다.]

이런 요지의 투서로 나를 돕고자했던 사람들과 기관에 협박을 했다. 같은 미술인인데... 미술을 하다가 마지막 발버둥을 치는 건데..이렇게까지 할 수 있는 걸까?...

너무도 속상했다. 가슴이 아려오고 온몸에 힘이 빠져서 아무것도 할 수가 없었다.

애초부터 혼자서 해내려고 기획했던 일이다. 그런 지원이 없어진다고 해서, 문제 될 것은 아무것도 없다. 묵묵히 하고 있던 나를 어느 날 갑자기 불러서 대전시 차원, 배재대학 차원, 월드컵조직위원회 차원의 등등을 거론해서, 내가 잠시 흔들렸던 것을 후회했다. 남아있는 2년의 길이 더욱 험난하고 외롭게만 느껴졌다.

"처음으로 돌아가자! 초심을 잃지 말자~!"

나는 스스로에게 다짐에 다짐을 하고 묵묵히 혼자서 갔다. 이후 언론까지도 날 취재하는 것이 확연히 줄었다. 지방을 다니면서 사람들 많은 곳을 찾아서 천을 깔고 그림을 그린다. 단순한 노동이고, 쉬울 거 같지만 사사건건 복잡한 일들이 많다. 사전 공연신고를 해야 했고, 또 허락이 떨어질 때까지 기다려야했다. 도시마다 차 없는 거리를 찾아가서 그렸다. 쫓아다니던 언론의 발길은 떨어졌지만, 거리거리 대중들의 반응은 컸다.

"2002m그림이다~!!

나 저거 텔레비전에서 봤는데...

와~ 신기하다"

이런 반응은 내게 큰 힘이 되었다.

"TV에서 보니까 함께 그려도 된다는데...

저희도 그려 볼래요~"

다양한 시민들의 반응은 나를 버티게 해줬다. 6살 정도 된 유아가 내게 아이스크림을 가져다준다. 나는 무릎을 꿇고서 아이 눈높이를 맞추면서 말했다.

"어구~ 이런 건 네 가 먹어야지~"

하고 웃음을 건넸다. 그러자 아이는 저 멀리서 바라보는 엄마를 응시한다. 아이의 어머니가 아이를 통해서 내게 전달한 것이었다.

나는 아이의 엄마에게 고개를 끄덕이고, 아이가 건넨 아이스크림을 받았다. 그리고 돌아서서 먹는데, 까딱하면 울 뻔했다. 이런 작은 마음 씀이 내겐 힘이 되었다. 그렇게 여기저기 가는 곳마다 많은 응원을 받았다.

아마추어 학생 사진작가는 나의 일거수일투족을 계속 찍어댄다. 나중에 내게 주소를 묻고 갔다. 한 달 정도 지났을 때 집으로 한 박스의 택배가 도착했다.

흑백사진, 변형된 칼라사진, 일반 칼라사진 등등을 보내왔다. 다양한 2002m그림 그리는 내 모습이 담겨져 있었다. 그리고 이런 편지가 들어있있다.

"무더운 여름날 길에서
온몸을 적시면서 그림 그리는 모습이 놀라웠습니다.
얼마를 받고 저런 일을 할까.. 처음엔
그렇게 생각을 했어요 ^^
선생님 모습에 알 수 없는 감동을 받았습니다.
그건 바로 옆에 놓인 팜프렛을 읽고 서 였습니다.

마음이 아프더군요...
저는 사진작가 지망생입니다.
예술의 세계와 순수학문의 결과가 이런 거라면
정말 많이 망설여지네요.
힘 내세요~아저씨! 응원할께요"

나는 이 글 중간쯤 읽어 갈 때 울컥했다. 그리고 눈물이 흐
르기 시작했다. 다행히 집에 아무도 없는 시간이라 그냥 마
음 편하게 울었다. 점점 울음이 커지고, 가슴이 메어져 벅차
더니 꺽꺽 소리까지 났다. 뭐가 그리 한이 많았는지, 눈물은
계속 흘렀다. 힘들어서도 아니고, 슬퍼서도 아니라, 그냥 울
었다. 부족한 내가 살아가는 방식이 가여워 울었고, 그 사람
이 고마워서 울었다.

이후로 나는 용기를 내기 시작했다. 그렇게 힘을 내서 5~6
개월 또다시 그림을 그려나갔다. 명동성당 오르막에서 그림
을 그리기로 하고 명동성당을 갔다. 역시 절차가 복잡하다.
천주교구청에 사전신고를 해야 했다. 그동안 신문과 TV에
나온 스크랩을 보여줘야 이해가 가장 빠르다. 그리고 허락받
는 확률도 아주 높아진다. 명동성당도 그렇게 공연허락을 받
아서 진행했다.

천을 성당 오르막에 깔고, 천의 테두리에 박스테이프로 고정
을 시켰다. 2002m그림을 위해 구입한 타우너(초소형트럭)를
깔아 놓은 천 옆에 세우고 물감을 꺼낸다. 평소처럼 팜프렛
을 시민들이 가져가게 하려고, 잘 보이는 곳에 놓고 시작을
한다. 명동 성당은 정말 많은 사람들이 지나는 곳이라, 관중
들이 인산인해를 이룬다.

그런데 장소가 특별해서인지, 오랫만에 언론에서 관심을 보
이면서 촬영을 왔다. 난 반갑기도 했지만 그냥 묵묵히 그림
만 그렸다. 구경하던 관중들도 직접 그림을 그리면서 많이
동참했다.

PD가 인터뷰를 원해서 인터뷰에 응했다.

"2002m월드컵 잘되면
이후 저희 같은 화가들도 최소한의 가정을 이끌 수 있는 나
라 되길 바랍니다."

매번 하는 이야기라서 아주 간결하고 짧게 말했다.

다음날 KBS뉴스시간마다 나왔다. 명동성당에서 일주일 정도
그림을 그리는데, 많은 사람들이 사인을 해 달라고 했다. 거
짓말 조금 보태서 수 백번은 더 사인을 해 준 것 같다. 팜프
렛도 많이들 가져갔다.

명동성당에서의 밤은 정적이 흐르듯 적막하다. 성당 안에는
경찰들에게 쫓기는 사람들이 천막생활을 한다. 구속을 피해
성당을 치외법권 삼아서, 그렇게 천막생활을 하는 분들이 많
다. 천막 생활하는 사람 중 한 사람이 내게 말을 걸어왔다.

"부럽네요~ 힘들어 보이지만 ...
  하고 싶은 일을 하시고, 또 남에게 칭송도 받으시니
  교수님 참 멋지십니다. "
카다록에 여기저기 대학 강의 나가는 것을 읽고서 교수님이
라고 부른 것 같았다.
"아~ 네.. 여기는 어떻게...?"
내가 물었다.
그들은 내게 종이컵에 소주를 따르면서 말했다.
"노동자를 대신해서 저희가 총대를 멘 거죠...
  가족을 못 본지 두 달도 넘었습니다.
  저희는 문 앞만 나가면 바로 체포됩니다.
  이렇게 주장도 못하게 하는 이런 나라가 어디 있습니까? "

울분을 토하며 소주를 들이킨다. 00노총 간부들이라고 했다.
그렇게 하룻밤은 성당의 정적 속에서 또 흘러갔다. 저분들과
달리 나는 며칠 뒤에 내 가족을 볼 수 있다는, 감사한 마음

을 품고 잠들었다. 그날은 차에서 안자고, 그들의 천막에서 그분들과 함께 잤다.

 어느날은 한참을 그림 그리고 있는데, 누군가 내게 자장면을 배달시켜줬다. 저 멀리서 배달시켜준 사람이 웃으면서 나를 보고 손짓을 하신다. 아침부터 지켜봤다는 것이다. 점심을 하지 않은 것이 분명해서 보냈다고 했다. 얼마 전만해도 감동받고 눈물 훔칠 일이지만, 요즘은 하도 이런 팬들이 많아서 그냥 즐길 줄도 알게 됐다. 길거리에 주저앉아서 정말 맛있게 자장면을 먹었다. 아마 내가 태어나서 최고로 맛있었던 자장면이었을 거다.

자장면을 배달하는 사람의 나이가 좀 있어보였다. 그릇을 찾아가는 그의 모습을 보고 문득 부럽다는 생각이 들었다. 길거리를 청소하는 분도 눈에 들어왔다. 폐지를 줍는 할머니도 보였다. 갑자기 그들이 너무도 행복해보였고, 그들이 부러웠다.

저 사람들은 움직이는 대로 다~ 돈을 번다. 움직이는 대로 다~돈이다. 거리의 행상, 신문배달, 택시운전사, 작은 가게 주인... 다들 부럽고, 행복해보였다. 하지만 나는 움직이는 대로 돈이 나간다. 힘에 겨운 이 지긋지긋한 2002미터 그림을 당장 그만 두고 싶었다.

지금 이 그림을 그만둔다고 해서, 내게 무슨 일이 생기는 것도 아니다. 당장 그림을 멈추고 싶었다. 지금 이 그림만 멈춰도 몇 천만원 정도 되는 돈을 버는 거였다. 그 남은 돈으로 내 인생 다시 시작해 보고 싶었다. 굳이 다~ 버리고 난 뒤에 아무것도 없는 상태에서 시작할 필요는 없다고 생각했다. 정말 간절하게 그만두고 싶었다.

하지만, 안타깝게도 그럴 수 없었다. 전국언론에 장대하게 알려진 상태다. 온 나라가, 온 사람들이, 온 미술인들이 다~ 기억하고 있다. 그 무엇보다도 나 스스로와의 약속이었는데... 고행을 자처하고 시작했던 일인데.... 사회봉사명령을 스스로 던진 건데... 여기서 포기한다는 것은 죽는 것 보다 더 못할 짓이었다.

내 눈에 보이는 모든 사람들이 나보다 행복해보였다. 더 정확하게 말하면 그냥(평범) 사는 사람들이 얼마나 행복한 건지를 알게 됐다. 이 그림만 끝나면.. 뭐든(평범한 것)해서 나도 돈을 벌고 싶다. 아이들과 손잡고 쇼핑도하고, 아내랑 맛있는 음식을 먹고 싶다. 그런 날을 생각을 하니 이 그림이 빨리 끝났으면 좋겠다는 생각만 들었다.

그렇게 세월은 계속 지나갔다. 시간이 갈수록 경비가 줄어들었다. 물감 값을 줄이려고, 아크릴물감에 아교를 녹여 물을 많이 타서 썼다. 캔바스(하얀색 유화물감으로 그리는) 천구입비가 벅차서, 귀저기 천을 사서 누벼서도 그려도 봤다. 처참한 하루하루가 계속 되었다,

나는 계속 추가대출 받은 금액으로 그림을 그렸다. 그나마 아내는 미술학원을 계속 운영해서 은행이자를 내면서 먹고살고 있었다. 아내는 내가 그림 그리러 나갈 때 내 바지 주머니 속에 몇 만원씩 넣어주곤 했다. 나는 모른척하고 나갔다. 아내가 준 돈을 꺼내서 점심을 사먹을 때마다 마음속으로 말했다.

"미안해, 여보 미안해~"

아들과 딸 앞에 나타나지 못 할 정도로 힘들고, 미안했다. 다들 전민동이라는 동네에서 걸어서 학교를 다니는데, 우리 아이들은 저 멀리 둔산동 할아버지 집에서, 아내가 차로 출근하면서 태워서 등하교를 시켰다. 전민동은 연구원들이 많이 사는 마을이다. 연구단지로 구성된 도시라서 대부분의 아빠들이 석박사연구원이다. 그들 아빠들처럼 안정된 직장으로, 안락한 가정을 꾸리지 못해서 미안했다.

그렇게 시간이 흘러서 2001년 11월 달인가... 12월 쯤 이다. 나의 2002m그림도 거의 마무리 단계에 접어들었다. 겨울이라서 대전 중심 대형백화점 지하상가에서 그림 그리고 있었다.

한 겨울에 온 나라는 대통령 뽑는다고 난리였다. 당시 집권여당은 이회창 후보였고, 야당은 노무현 후보였다. 무슨 공약이 이렇게도 많은 지... 나라부도를 딛고 부자나라로 만들겠다고 들 했다. 내년에는 새로운 대통령도 나오고, 월드컵도 치르고 하니 나라가 잘될 듯도 싶다.

나는 또 새로운 생각을 했다.

대통령 후보도 내 그림에 마음을 담아 그림을 그리게 하고 싶었다. 나라를 책임지겠다고 나온 그들에게 나의 메시지도 전달하고 싶어졌다. 가능하다면 새로 될 대통령을 미리 만나서 순수미술인의 삶의 어려움을 말하고 싶었던 거다. 그리고 화가도 먹고살 수 있는 나라를 만들어달라고 말하려고 했다.

그래서 나는 그 두 분께 편지를 썼다.
[한 개인이 국난극복과 월드컵 성공개최를 기원하면서 2002m 그림을 그렸다. 수많은 국민들의 정성과 손길도 담긴 작품이다.

나라의 대통령이 되려고 한다면, 이 그림에 마음을 담아라.
완성 돼가는 그림 마지막에라도 나라를 위해서 일하겠다는
다짐을 담는 건 어떨까요?.]
편지의 내용은 대략 이랬다.

마지막 7~8m부분을 대통령후보와 함께 마무리를 하자고 제안
을 한 거다. 나의 제안서를 당연히 후보자가 읽은 건 아닐
것이다. 여당, 야당 후보자 관계자들이 읽었을 거다. 큰 기
대는 하지 않았다. 그런데 어느날 두 당에서 모두 전화가 왔
다.
대통령 후보가 참여할 가치가 있는 건지 알아보기 위해서였
다. 조화백님 무슨 상 받은 적 있느냐? 어느 대학을 졸업했
냐? 경력과   미술활동 프로필을 보내라. 특히 2002m그림에
관한 방송자료 등등 정말 요구하는 것이 참 많았다.
그들의 질문과 요구에 성실히 답장을 보냈다.

그렇게 며칠이 흘렀을까... 야당 대통령후보인 노무현측에서
관계자들이 왔다. 그들은 2002m그림이 정말 있는 건지 확인
차 여러명이 왔다갔다. 실제로 그림을 확인하고는 총2002m중
마지막 7m정도를 어떤식으로 할 건지 조율 하자고 했다.

마지막 엔딩은 내가 기획한다고 주장했다. 그들은 나보고 여러 가지 안건을 제안해달라고 했다. 나는 대전시 중심인 서대전 사거리 광장을 선택했다. 그농안의 그림 선부들 광장에 펼쳐놓고 전시를 하면서, 마지막 7m부분을 노무현 후보가 "새로운 대한민국" 글씨를 쓰게 했다. 그리고 내가 물감을 뿌리고, 이어서 정몽준(당시 후보단일화 한분)씨가 색을 칠하고, 모여 있는 시민들이 마지막을 장식해서 그림을 끝내기로 제안을 했다.

그들은 내 제안을 그대로 다~받아드렸다. 꼭 부탁이 있다고 내가 말했다. 그림이 마무리될 때 노무현 후보에게 할 말이 있으니 독대를 허락해 달라고 했다. 그렇게 나는 그에게 수천번 떠들고 다녔던 그 말을 했다.

"대통령되면 우리 같은 화가들도
 먹고 살 수 있는 나라 만들어주십시오"
그는 특유의 웃음소리와 함께
" 그러겠슴더~ 그리하고 말고요, 노력하겠습니다."

그렇게 3년간의 대장정 2002m그림 [우리]는 종료되었다. 하지만 그것이 끝이 아니었다. 공원에 깔아 놓은 그림을 말아서 회수해야 했다.

인부를 사서 했다. 그림을 걷어서 말고, 묶고, 차에 실고 하는 시간만 3시간 이상 걸렸다. 인건비랑 트럭운반비 등등의 경비로 상당한 돈이 들어갔다. 더 이상 돈을 쓰고 싶지 않았는데, 또 생각지도 않은 돈이 들어갔다. 속상했다.

원래 2002m그림은 대전 시립미술관에서 전시해 주기로 했던 거였다. 2002년 월드컵때 미술관 내부전체를 돌려서 걸면, 전시가 가능하다고 기획했었다. 당시 초대 미술관장님이신 임봉재 관장과의 약속이었다. 하지만 2002년 관장이 바뀌면서 불허통보를 받았다. 나는 신임 관장을 찾아가서 항의를 했다. 결국 미술계의 편파적인 사회적 구조때문에 할 수 없게 되었다. 나는 그 신입 관장에게 말했다.

"개인전을 시립미술관에 걸 수 없다하셨는데...
박관장 보기에 이 그림이 개인전 같습니까?
수많은 국민들의 마음과 대통령의 마음도 담긴 겁니다. 이걸 개인전이라고 치부해서 못하게 막는 건, 전임관장에 대한 예우도 아닙니다~!"그리고 나는 시립미술관을 나와 버렸다.

나는 소방서에 신고하고 2002m 그림을 태우기로 한다. 바람 없는 날을 골라서 고수부지에 마른장작을 놓고, 그 위에 그림을 하나하나 올렸다. 그리고 불을 붙여서 그림을 태웠다. 우리 전통 문화에 종이에 글을 쓰고, 태워 날려 보내면서 소원을 비는 관습이 있다. 타오르는 연기에 그동안 많은 사람들의 손길과 수 없이 담긴 마음이 태워지면서 이 나라 잘되고, 월드컵이 성공적으로 끝날 수 있기를 기도했다.

그렇게 어마어마한 그림은 2시간정도의 불길로 하늘로 가버렸다. 고 노무현대통령의 마지막 새로운 대한민국이라고 쓴 부분만 잘라서 보관중이다. 그분 돌아가신 날 그거 가져다 주려고 했는데... 아직 못 드렸다. 그냥 집에 가보로 계속 갖고 있다가, 자식들한테 물려줄까 생각한다.^^

행복했다. 너무 행복해서 가슴이 터질 것 같았다. 2002m그림 때문에 행복한 게 아니라 이제 돈을 안 써도 돼서 행복했다. 와~! 나도 이제 움직이는 대로 돈을 벌 수 있겠구나! 이 생각만으로도 하늘을 나는 듯 기쁘고, 행복했다. 모든 사람들이 다 환한 웃음을 짓는 것 같고, 행복해 보인다. 소리를 지르면서 미친 아이처럼 펄떡 펄떡 뛰어 다니고 싶을 정도다.

그 다음날 뉴스에서 정몽준의원이 노무현대통령 후보지지를 철회한다고 발표했다. 우리국민 대부분은 정몽준의 지지철회로 노무현 후보는 떨어질 것으로 생각했다. 하지만 무슨 조화인지, 노무현은 정몽준의 지지철회에도 불구하고 대통령에 당선된다.

이후 나는 야당 여당 할 것 없이 정치인들로부터 계속 전화를 받았다. 무슨 선거가 있는데... 그림 퍼포먼스 좀 해 달라... 선거가 있을 때는 더욱 그랬다. 당시 노무현 후보의 당선은 조정용화백의 알 수 없는 그림의 힘이라는 것이다. 나는 쓴 웃음을 지으며 전화를 끊었다.

다만 대통령 취임식 때 우리가족 모두가 초청을 받아서 거기는 참가했다. 국회의사당에서 나오면서 아들이 내게 묻는다.
"아빠 노무현 대통령이랑 친해?"
"응"
"나... 아빠가 길거리에 앉아서 그림 그릴 때,
 자랑스럽긴 했지만... 창피했었는데..
 우리 아빠 대단해요~! "
그렇게 우리가족은 청와대에서 준비해 준 식사도 하고 집으로 돌아왔다. 돌아오는 길에 나는 아내의 손을 힘줘서 잡아줬다 그리고 혼잣말로 가슴에 담아서 말했다.

"여보 힘들었지... 미안했어~"

도전과 성공

이제 무엇을 할까? 하고 싶은 것이 너무 많다. 여기저기 대학에서 강의를 계속하면서도, 새로운 나의 일을 찾기 시작했다. 이제는 움직이는 대로 돈을 벌 수 있다는 것 만 으로도 난 흥분됐다.

사실 이 책에서 말하기 부끄럽지만, 성인물 사진 또는 동영상 사이트를 만들까... 도 했다. 나는 홈페이지 만드는 법을 배웠다. 홈페이지를 구축하고, 운영하는 방법도 함께 배웠다. 당시에는 인터넷 속도가 느려서 사진도 여러 토막으로 잘라서 올려야 했다.

동영상은 아날로그로 찍어서 디지털로 변환하고 또 스트리밍 파일로 바꿔야 했다. 그 당시에 동영상으로 홈페이지 사업을 하기에는 속도가 좀 무리였다. 하지만 인터넷 속도가 계속 빨라지고 있으니까, 곧 가능한 사업이라고 생각했다.

하지만 성인사이트 운영은 정말 나와는 안 맞았다. 여러 대학에서 강의를 하고, 언젠가는 정교수를 바라보는 내가, 이런 사업으로 돈을 번다는 것은 나 스스로 쉽게 허락되지 않았다.

나름 인기 있는 대학교 강사였기 때문이다. 나의 강의가 호소력 있고, 듣는 사람들을 끌어들이는 능력이 있다고들 평가 받았다. 사실 여러 대학에 강의를 다니는 것도, 다 입소문으로 이어진 거다. 아동미술학은 아동학+미술학+심리학 이렇게 세 개의 학문이 공존해야만, 제대로 가르칠 수 있는 신규학문에 들어갔다.

그 때 당시에는 우리나라 대학에 아동미술학과는 없었을 때였다. 그래서 나는 생각하게 된다. 성인사이트가 아니라 온라인으로 아동미술 전문교사를 양성하는 사이버학교를 만들고 싶었다. 그렇게 홈페이지 만드는 기술을 학교 후배에게 개인교습으로 배웠다.

셀프로 강의동영상을 찍고, 컴퓨터에 캡쳐(옮겨잡다) 받아서 편집하고, 파일을 변환시켰다. 강의내용이 가장 중요했지만,

강의 동영상에 자막을 넣고, 파일 변환하는 건 더 중요했다. 10분짜리 강의를 만들려면, 두 시간 가까이 시간이 걸리는 힘들고, 어려운 작업이다. 한번은 작업한 것이, 정전으로 모든 파일이 다~날아 가 버리기도 했었다.

그렇게 1년 반 동안, 혼자서 사이버학교 동영상준비를 모두 완료했다. 당시에 사이버대학은 몇 개 없기도 했지만, 설립 조건자체가 어마어마했다. 그래서 사이버연수원이라는 명칭을 사용하고, 민간자격증을 발부하기로 했다.

당시에 한국영유아미술학회에 소속되어 있는 나는, 학회가 주체가 돼서 운영하자고 제안했다. 그 제안은 받아들여지고, 학회이름을 달고 사이버학교는 오픈됐다.

그리고 온라인 홍보를 해야 했다. 매시간 학생을 모집해야 했기 때문이다. 야후(YAHOO)라는 종합포털싸이트가 가장 큰 회사였다. [아동미술]이라는 키워드광고를 한 달 동안 올리는데 백만원을 지불해야했다. 지금은 방식이 많이 바뀌었지만, 그때보다는 20분의1정도 저렴하다.

그렇게 키워드 광고를 하고 사이트를 드디어 오픈했다.

온라인상의 반응이 너무 궁금해서 많이 긴장했다. 긴장된 하루가 너무 길고, 힘들게 느껴질 것 같아서 아들과 스키를 타

러갔다. 리프트를 타고 올라가려는 순간 핸드폰에서

"띵동~" 핸드폰에 문자가 울렸다.

"설마 온라인학생이 등록된 건 아니겠지...그냥 문자일 거야..."

그렇게 혼자서 생각을 했다. 긴장된 마음으로 천천히 핸드폰을 열어봤다. 온라인 학생 등록이 맞았다.

온라인상에서 나의 샘플강의를 듣고, 홈페이지에서 안내 하는 대로 수강료 28만원이 우리 학회통장으로 입금이 된 것이다. 난 손벽을 치면서 환호를 질렀다. 옆에 리프트에 앉아있던 아들은 덩달아 신이 나서 묻는다

"왜? 뭐가 그렇게 좋아?"

나는 말했다

"아빠가 1년 넘게 만든 프로젝트가 결실을 봤어~!"

알아듣지도 못하는 말을 아들에게 했다. 아들은 덩달아 신이 났다. 그렇게 리프트가 정상에 도착하고 내리는데 또다시 "띵~동" 하고 문자가 왔다. 두 번째 등록자가 또 생긴 것이다. 그 순간에 두 달 대학강사료가 들어온 셈이다. 나는 입가에 미소를 머금고, 아들과 스키를 타고 빠른 속력으로 내려왔다.

무엇보다도 샘플동영상강의를 보고, 강의평가를 해서 입학한

것이다. 내 강의가 그만큼 호소력 있고, 간략하게 핵심을 잘 전달했던 거다. 온라인이라는 가상의 세상에서 실제로 돈이 들어오는 것 자체도 놀라웠다.

오프라인에서 물건을 사고팔면서 버는 돈과는 의미가 정말 달랐다. 그렇게 나는 한국영유아미술학회가 운영하는 한국사이버아동미술교사연수원에 총괄 책임교수로 활동하게 된다. 그렇게 학기별 6~70여명의학생이 등록을 했고, 시간이 갈수로 국내뿐만 아니라, 해외에서도 학생들이 들어왔다. 당시 배재대학교 예술대학장이고, 우리 사이버학교에 고문으로 계시고 나의 대학 스승인 김치중교수는 내게 이렇게 말했다.

"나는 배재대교수일 뿐이지만, 자네는 세계적인 교수 일세~"

그렇게 나의 강의는 널리 알려졌고, 여러 대학에서 부르기 시작했다. 내가 하나 더 있었으면 좋겠다는 생각을 그때 했다. 배재대, 충남대, 백석대, 서라벌대, 국제디지털대 그리고 서해대학까지 그렇게 여러 대학에서 활동하다가 서해대학교 아동복지과 초빙교수로 부임해갔다.

한국사이버아동미술교사연수원은 수년간 승승장구했다. 학회에서 지원해주는 석좌교수로 자리를 잡아갔다. 매년 140여명의 등록금이 들어왔다. 이후 국제디지털대학교에서 연락이 왔다. 내 강의를 담아야 한다면서 섭외가 온 것이었다. 지금도 그때 찍은 강의가 온라인상에서 돌아다닌다.

요즘 나는 상대방을 모르지만, 내게 인사를 하는 사람들이 가끔 있다. 혹시
" 교수님 아니세요? 한다.
보육교사과정이나, 아동복지, 사회복지등등의 관련학과 학생들은 온라인상에서 내 강의를 많이 듣는다. 하지만 나는 그 학생들을 모른다. 그래서 항상 주변 사람들이 다~ 제자라고 생각하고 항상 바른 자세로 다닌다.

 나는 남들 하는 것을 따라하는 것이 싫다. 아버지가 속초에서 갈비냉면집을 하셨다. 그래서 남들은 어렵다고 하는 요리가 내게는 정말 쉽게 느껴진다. 어려서부터 보고 자라서 일 것 이다. 하지만 나는 식당이나 숙박업이나, 슈퍼나 등등 누구나 쉽게 해서 먹고사는 방법은 식상하다. 요즘 대기업이 이런 서민들 사업들까지 한다고, 비판을 받는다. 그래서 일부 업종은 국가에서 대기업이 못하도록 업종제한을 한다. 그렇게 남들 안하는 사업에 뛰어들어서 승부를 내는 삼성이 다른 기업보다 앞선 것은 핸드폰사업이 주도적이라 그렇다.
 나는 교수라는 직업을 갖고 활동하지만, 항상 새로운 것이

없을까 하고 찾는다. 사이버연수원도 남들 안하는 새로운 구상이었다. 자신이 잘하는 것이 무언지를 찾아내야하고, 남보다 잘 하는 것이 확실하다면, 주저하지 말고 즉시 해야 한다.

나는 여러 개의 특허를 냈다.

아주 오래전에는 자동판매기 상단에 화면을 넣어서 네트워크 형성하는 것을 냈다. 그렇게 된다면, 온 동네 길거리에서 내 방송이 나올 거라고 생각했다. 거리거리마다 내가 송출하는 광고를 볼 것이라고 생각한 것이다.

동전을 넣고, 커피나 음료를 누르면 상품이 나올 때 까지, 심심하지 않도록 해준다. 음료를 마시면서도 다양한 정보를 습득케 할 수 있다.

당시에는 삐삐라는 기계가 있었다. 자동차에는 엄청 큰 모토로라(외국전화제조사) 무선전화기가 있었던 시대다.

그런 시대에 나는 무선으로 영상데이터를 날려 보내서 받을 수 있는 장치를 자동판매기 안에 달고자 했던 것이다. 나는 없는 돈을 들여서 아주 힘들게 특허를 출원했었다. 하지만 지금은 쓸데없는 걸로 사장되어 버렸다.

그러나 편의점 등에 가보면 그때의 나의 생각이 실현되고 있는 것을 본다. 똑같은 원리는 아니지만, 인터넷으로 자동판매기안에서 영상이 나온다.

 가끔 TV속에서 오래된 건물을 폭파하는 장면을 보았다. 대형건물을 철거하는 모습이다. 그 건물 안에 있는 H빔 이라고 하는 철근이 너무도 아까웠다. 그렇게 고철로 사라지는 것을 나는 이해할 수 없었다.

일반건물을 철거해도 가는 철근이 엄청나온다. H빔은 그 가격이 건물 전체가격이라고 해도 될 만큼 비싸다. 나는 저 H빔을 조립식으로 끼고, 풀게 하고 싶다는 생각했다. 지금 건축 방법이 H빔을 크레인으로 들어 올려서 그냥 용접을 해버린다. 용접된 철 구조물은 당연히 파괴해야만 철거가 된다.

일반 부분조립식 건물도 있지만, 그건 작은 판넬식 건물에 불과하다. 나는 아파트같은 건물이 완벽한 조립식건축물로 가능한지를 연구를 했다.

골조인 H 빔을 레고블럭(어린이블럭)같이 고안을 해봤다. 아파트 뼈대를 아이들 블록처럼 짓고서, 바닥, 벽, 천장을 연결판넬로 마무리 하는 거다. 내 생각대로 지은 건축물은 도배하고, 인테리어해서 살다가 건물을 다시 풀어서 다른 모양으로 다시 조립할 수 있다. 장판이나 도배지, 천장, 마감재 등은 소비재질이라서 시대 흐름이나 유행에 따라서 다 뜯어내고, 다시하면 된다.

건물전체의 구조물까지 다 폭파해버리는 건, 그래서 H빔이 고철이 되는 것은 재앙에 가까운 낭비라고 생각을 했다.

건물구조나 모양전체도 아이들 블록처럼 풀었다가, 다시 조립하는 방식으로 얼마든지 가능한 것으로 생각했다. 그렇게 나는 H블럭이란 이름으로 특허를 내고, 먼저 장난감으로 출시를 했다.

잔난감 조차도 아직 보안해야 할 점들이 많다. 장난감은 재질에 따른 문제점들이 나타났다. 지금도 나는 H블럭의 재질보안 등을 생각하면서 산다. 실제로 내 특허가 건축에 쓰여지지 않아도, 그런 생각과 시도한 것만 으로도 행복하다.

영, 유아들은 촉감, 시각, 그리고 청각적 자극을 통해서 두뇌가 발달한다. 딸깍 딸깍 소리가 나면서 척척 소리가 나면서 세모, 네모, 동그라미가 서로 붙은 것을 생각했다. 흔히들 가베라고 한다. 아이 키우는 엄마들은 다~안다.

나는 입체 자석가베를 생각했다. 그렇게 자석의 당기고, 밀치는 힘으로 세모, 네모, 동그라미가 이리저리 붙게 한 것이다. 자석 방 특허를 출원했다.

그리고 금형을 만들고, 제품을 생산해서 시판했다. 역시 아직 보안점이 많아서 계속 연구 개발 중이다. 세상의 모든 물체는 세모, 네모, 동그라미로 되어있다. 어려서부터 이 세

가지를 많이 만지고 놀게 되면, 남보다 세상이해력이 빨라진다.

나는 나 스스로 머리를 멈추지 않으면 계속 일을 저지른다. 슬플 때도 남보다 더 슬퍼하고 힘들어한다. 화가 날 때도 남보다 더 심하다. 이런 멈추지 않는 머리(감성) 때문에 촉촉이모래도 발명해서 인생을 바꿨지만, 또 그만큼 많은 돈을 쓰기도 한다. 나의 발명품들 H블럭과 입체 자석가베는 현재 10억원 넘는 손실을 보고 있다.

그래도 언젠가는 될 거라고 생각한다. 지금도 나는 내 생각을 행동으로 옮기고 있기 때문이다. 그래서 나는 지금, 많이 행복하다. 누구나 다 새로운 것을 만들 수 있다고 말하지는 않겠다. 하지만 누구나 다 새로운 것들을 생각해 낼 수 있다. 그 생각이 바로 자원이고, 생각을 행동으로 옮기는 것이 바로 생산이다.

대학교 강의를 하면서 어느날 내 인생을 통째로 바꿔놓을 엄청난 발명을 하게 된다. 그 발명품은 촉촉이모래라는 상품으로, 만들어서 시판을 하게 되었다.
처음 상품화시켜서 첫 선을 보이는 날이 다가왔다. 서울 국제유아교육박람회(삼성동 코엑스)에 조금의 물건을 만들어서 참가했다. 유아교육박람회는 유치원 원장님 뿐만 아니라, 학구열이 높은 학부모님들도 와서 제품을 직접 구입하는 곳이다.

서울 삼성동 코엑스에 초라하게 한개의 부스를(큰 회사 부스는 열개이상 얻는다.) 얻어서 부스단장을 하고 잠을 청했다. 쉽게 잠이 오지 않았다. 내일 있을 제품 시연 및 판매에 기대와 걱정으로 꼬박 밤을 새웠다.

드디어 박람회가 오픈되고, 사람들이 몰려왔다. 가슴이 쿵쾅쿵쾅 거렸다. 부스 앞에 체험대를 만들어놓고, 만져보게 했다. 구입을 원하는 분들은 상표스티커를 붙인 김치통에 담은 촉촉이모래를 사갔다. 대략 5리터 크기의 상품 가격은 10만원이 조금 넘는 고가로 가격책정을 했다.

예상치 않은 반응에 놀랐다. 포장도 엉망이고, 가격이 비싼데도 불구하고 정말 잘~팔려 나갔다. 총 4일 동안 하루 열개 정도 판매를 예상하고 50통을 가져왔다. 하지만, 당일 하루에 50통이 다~ 팔려버렸다. 어떤 대학교 부속유치원 원장님은 한번에 10통을 사가셨다. 교실마다 놔두고, 아이들이 가지고 놀게 하신다는 거다.

난 그날 밤 또다시 밤잠을 설쳤다. 이 제품 대량생산을 위해서 디자인, 포장, 유통 등... 앞으로 해야 할 일들을 생각하면서 꼬박 뜬 눈으로 보냈다.

다음날 오전부터는 물건이 없어서 판매를 할 수가 없었다. 사람들이 아우성을 치면서 말한다. 늦어도 기다릴 테니 만들어서 집으로 보내달라는 것이었다. 박람회 남은 4일 동안은 예약만 받기로 했다. 다시 제조해서 가정에 배달되려면, 한 달 이상 걸린다 해도, 계속 주문이 들어왔다. 100개 한정 주문신청을 받았다. 이틀 만에 모두 접수완료가 되었다.

마지막 하루는 제품활용법 등등 홍보에만 신경 썼다. 4일간 총매출이 1500만원 이상을 달성했다. 부스비용 150만원과 부대비용 다 빼도 300만원의 비용으로 1000만원 이상의 순수익을 달성하게 된 것이다.

대학 강의보다는, 그렇게 점점 사업가의 길로 들어서게 된다. 제품의 우수성 때문에 당시 SBS공용방송에도 출연했다. 우수한 발명품과 발명가를 소개하는 프로그램이었다. 그 방송을 계기로 촉촉이모래는 홈쇼핑에도 제품이 나가게 된다. GS홈쇼핑에서 연속 5회 매진을 치는 대히트상품으로 자리 잡게 되었다.

회사는 급성장하면서 3년만에 연매출 40억을 달성하게 된다. 지금 이 글을 쓰고 있는 지금 우리 회사는 수출만으로 매년 천만 달러를 달성한다.

미국, 유럽, 일본 등등 전 세계에 수출하면서 3년간 계속 천만 달러 이상을 달성하는 중견기업으로 자리잡고 있다. 가장 통쾌한 것은 모래놀이용품 원조국가인 스웨덴까지도 수출이 된다는 것이다. 총 직원이 100명에 가까운 작지 않은 강소기업으로 자리 잡아가고 있다.

　나의 생활은 점점 달라졌다.
은행마다 돈 좀 갖다 쓰라고 난리다. 골프를 배운지 한달도 안돼서, 하나은행 부행장이 머리(첫라운딩)를 올려줬다. 거래 지점장하고 나하고, 거기에 KLPG프로골프선수까지 초청해서 동반했다.
은행을 들어가면 전 직원이 나를 알아보고 인사를 한다.
"대표님 오셨습니까? 어서 오십시오~"
VIP실로 나를 모신다. 전용 금고도 무료로 대여해준다. 트럭운전이나 지게차 운전은 생산관리 담당직원이 한다.
기계를 돌려서 물건을 생산하는 것은 생산팀에서, 자기가 맡은 기계 앞에서 생산자가 책임생산을 한다. 디자인팀, 영업팀 등등 체계화된 우리 회사를 나가보면 정말 흐뭇하다. 바라만보고도, 생각만으로도, 나의 짧은 지시만으로도 회사가 돌아간다.
대표가 회사에 들어서면 전 직원이 기립을 하고, 인사를 한

다. 회사 단합대회를 가면, 백여 명의 전 직원들이 일어나서
박수를 친다. 나는 직원들에게 앉으라고 손바닥을 펴서 아래
로 지시한다.

"대표님의 인사말이 있으시겠습니다."

진행자가 말한다.

나는 마이크를 잡고 이야기를 해나간다.

"여러분이 있어서 저희 회사도 있는 겁니....." ㅋ

다들 비슷한 얘기라서, 여기서 생략한다.

불과 얼마 전만 하더라도 인건비가 무서워서 사장인 내가
직접 다~했다. 트럭도 몰고, 지게차도 하고, 배달도 하고,
판매도 하고, 생산도 직접 했다.

촉촉이모래가 발명되기 전에는 내 아이들 대학 등록금을 걱
정을 해야 했었다.

"우리 아이들 대학가면 어떻게 학비를 내지?

같은 나라에서 사는데, 어떻게 이렇게 사는게 다를 수 있단
말인가... 세상이 왜 이렇게 불공평 한 걸까!"

아파트 단지를 지나면서 항상 이런 생각을 했었다.

"저 수많은 아파트 중에 어떻게 내 집은 하나 없나?"

그 때 당시에는 중형차 소나타를 타고 다니는 사람들이 너무
도 대단해 보였다.

"저 사람들 차량가격을 떠나서...

 들어가는 기름값이나 세금을 어떻게 다~ 내고 탈까?"

그런 생각 속에서 하루하루를 보냈었다. 그런 내가 수백억 자본금을 보유한 회사를 운영하는, 매년 백억 이상을 수출하는 기업의 대표가 된 것이다.

운도 따랐다고 생각이 들지만, 내게는 그만한 이유가 이었다. 항상 만족하지 않고, 악착같이 하고 싶은 것을 추구했기 때문이다. 아버지께서 가족을 먹여 살려야겠다는 필사적인 마음이 아버지를 그렇게 살게 하신 것처럼 말이다.

나는 먹고 살기 위해서가 아니라 매사가 불평불만이라서, 항상 이것은 이래서 나쁘고, 저건 저래서 엉망이야! 하는 심리상태가 나를 성공 하게 한 것 같다. 같은 상황을 봐도 남들은 못 느끼고 지나가는데, 나는 항상 지적 질이고, 비판할 것이 눈에 들어왔다. 그리고 가장 핵심적인 것은 대안을 반드시 찾거나 생각을 했던 것이다.

새로운 것을 보고,

새로운 것을 듣고,

새로운 것을 맛보고,

새로운 것을 만져보고자 하면

새로운 삶이 펼쳐진다.

새로운 것은 쉽게 보여지고, 만져지는 것이 아니다.
지금 생각하는 사람이 잠시 후 새로운 것을 보게 된다.

 나는 항상 새로운 생각을 너무 많이 해서 문제다. 백석대학교, 서라벌대학교, 배재대학교 등에서 유아교육과나 아동학과에서 미술심리, 아동미술을 강의했다.

그러다가 아이들이 좋아하는 모래놀이, 흙놀이에 관심을 갖게 된다. 우리는 어렸을 때 바닷가나 마당에서 모래와 흙을 가지고 놀았다. 뿌리고, 흩트리고 해서 물을 부어서 놀기도 했다. 물 없이는 모래가 뭉쳐지지도 않았고, 물을 부어서 놀면 손에 온통 흙이 묻었다.

바닷가 해변에서 바닷물에 항상 씻기는 모래는 상관없겠지만, 일반 동네에 있는 모래에는 다양한 미생물과 세균과 중금속이 많다. 그래서 위생상 아이들이 만지면, 안 되는 것 중 하나다.

그런 모래를 스웨덴이라는 선진국에서는 물 없이도 뭉쳐질 뿐만 아니라, 손에 묻어나지도 않는 특수모래를 만들어서 전 세계에 판매했다.

아동심리에 좋은 교구라고 생각해서 유치원교구활동 프로그램에 사용했다. 나는 대학교에서 그 스웨덴모래를 우수교구라고 하면서 유치원에 많이 추천했다. 아이들 놀이학습용으

로 많이 권장했다. 그런데 계속해서 사용을 하다 보니 단점
이 보였다.

뭐든지 부정적으로 보는 나의 기질적 특성상 스웨덴 모래제
품에 심각한 단점들을 발견한 것이다. 결국 아이들이 사용할
수 없는 제품이라고 나는 판단했다.

 이유인 즉, 그 스웨덴 제품은 모래표면에 양초를 바른 상품
이다. 그래서 방바닥에 떨어지면, 온통 바닥이 미끌미끌 양
초빙판으로 변한다. 그래서 양말신은 아이가 미끄러져서 다
치기가 다반사다. 게다가 여름이 되면 방바닥, 교실바닥에
양초가 녹아서 끈적끈적 거렸다. 가정에서도, 유치원에서도
불편함이 너무 심했다.

더 중요한 건 모래표면에 진드기나 세균이 묻으면, 절대로
떨어질 수 없는 제품이었다. 늘러 붙은 것들이 눈에는 잘 보
이지 않겠지만, 위생상 큰 문제가 있는 제품이라고 판단했
다.

게다가 더욱 위험한 것은 아이들이 만지고, 노는 제품이라서
눈이나 입으로 들어갈 수 있었다. 그러면 체온에 의해서 그
모래 표면에 있는 양초가 망막에 붙어버리거나, 위장의 벽에
달라붙어서 안 떨질 수 있다는 생각이 든 것이다.

나는 그 제품에 대해서 조사를 시작했다.

그 제품을 만든 스웨덴은 우리나라 인구에 5분의1 정도였다. 선진국 중에서도 정말 잘사는 나라였다. 나는 그 모래 한 알 한 알을 만져보고 관찰했다. 사람이 자원인 우리나라는 왜 이런 걸 못 만들까?

모래알 하나하나에 양초(파라핀)를 입힌 기술이었다. 모래알 하나하나에 어떻게 양초를 발랐을까? 원리를 추적해보기 시작했다.

엉뚱한 호기심과 교육자의 양심은 단점을 보완한 새로운 제품을 만들 수 없을까? 까지 욕심을 냈다. 그 제품의 단점을 개선한 새로운 제품을 만들 수만 있다면, 대박이라고 생각했다.

그렇게 나의 연구개발이 시작된 것이다. 핀셋으로 모래알을 잡고 양초로 발라보기 시작했다. 수십억만개의 모래알을 이렇게 해서 만들 일은 아닐 거라고 생각했다. 그렇게 번쩍 내 머리를 스쳐간 것은 모래를 가열해서 양초를 올려놓는 것이었다. 양초가 녹아서 모래사이사이로 스며들게 하는 것이다. 그때 모래를 비빔밥처럼 슥슥 비벼주면서 식힌다면, 양초모래가 탄생하는 거다. 이후 건조해서 부스러지면 모래 같고, 힘을 주면 표면의 양초의 끈적거림으로 다시 뭉쳐진다는 것을 알게 되었다.

 결국 제조원리는 알게 되었는데, 이 제품의 단점은 어떻게 극복할 수 있을까? 나는 정말 세상의 모든 것을 다 발라 볼 생각이었다. 그렇게 비누도 발라보고, 기름도 발라보고, 세상의 녹았다가 굳는 것은, 아마도 다 발라서 결과를 기록했을 것이다. 그 대안을 찾는 연구는 불가능했다. 매번 연구실에서 모래를 가열하고, 뭘 발라보는 행위도 서서히 지쳐갔다.

 그러던 어느 날 연구실에서 한참을 실험하다가, 나를 도와주는 조교에게 물었다.
 "이 가열한 모래에 이 걸 부으면, 내 생각에는 폭발할 것 같은데... 부어볼까? 말까?"
 그 조교는 서슴없이 내게 말했다.
 "일단 부어 보는 게 문제 해결 아닌가요?" 하면서 부어보라는 것이었다. 나는 부었다. 붓는 순간 폭발을 하면서 연구실전체가 연기에 휩싸였다. 나는 불이 난 실험 용기를 들고 연구실 밖으로 달려 나왔다. 안 그러면 연구실이 화재에 휩싸였을 거다. 연구실 화재를 막기 위해서 그 용기를 들고 아무 생각 없이 복도로 뛰쳐나왔다. 그렇게 달려가면서 나는 순간적으로 내손에 심한 통증을 느꼈다. 그 통증에 손을 놔버렸다. 불이 붙은 실험 용기는 연구실 외부 난간 쪽 복도에 떨어져 엎어졌다. 그렇게 화재는 진압 됐지만, 나는 병원으로 가야했다.

 화상을 입은 오른손은 나의 의지와 상관없이 벌떡 벌떡 튀는 것이다. 그 통증은 이루 말로 표현하기 어려웠다. 병원에 도착했는데, 의사는 차가운 식염수를 계속 뿌려주라는 처방과 함께 사라졌다. 거즈를 화상부분에 바르고, 계속해서 식염수를 쉬지 않고 뿌렸다. 그 것이 치료의 전부였다. 식염수를 뿌릴 때는 통증이 사라지고, 멈추면 다시금 통증이 온다. 그렇게 하루 종일 하는 것이 치료라고 하니, 참 야속했다. 의사가 무능해보이고, 원망스러운 마음이 들 때쯤 이었다. 응급실 입구에서 사람들이 황급하게 움직였다. 그리고 이동침대에 어느 환자가 들어오는데, 화상 입은 내손이 벌떡벌떡 튀는 것처럼 그 환자는 온 전신이 벌떡벌떡 침대 위를 향해서 튀는 것이었다.
식당에서 일하시는 분인데, 곰탕 솥을 전신에 뒤집어 쓴 것이다. 많은 의사들이 총 출동해서 엄청 많은 주사를 놓는다. 여러 명의 간호사들이 둘러서서 나처럼 차가운 식염수를 전신에 뿌려준다. 순간 의사에 대한 원망은 바로 사라졌다. 내

손의 화상은 화상도 아니었던 것이다.

원망의 시선을 돌리고 나서 내손을 보면서 스스로에게 말했다.

"참 다행이다. 이만하길 다행이야..."

미술언어에는 대비라는 용어가 있다.

꼭 뭔가를 비교해서 그에 대한 차이로 무엇을 유출 해내는 것이다. 항상 나보다 못한 것을 대비시키는 방법과 나은 것을 대비시키는 방법이 있다.

내가 안 좋을 때는 더 안 좋은 것과의 대비를 하고,

내가 좋을 때는 더 좋은 것과의 대비를 해야 한다.

그렇게 해야만, 안 좋은 것은 극복되고, 좋은 것은 더 좋은 목표가 만들어진다.

그런 대비가 우리를 잘살게, 행복하게 만든다.

잠시 후 그 환자는 병원 옥상에 헬기가 와서 화상전문병원으로 갔다. 전신화상을 입은 그 사람이 목숨을 건질 수 있기를 바랬다. 화상병원에서 죽어나가는 사람과 대비시켜서, 다행이라고 생각하며, 극복하시기를 바랬다.

나는 병원을 나와서 다음날 붕대를 감은 손으로 학교 연구실에 갔다. 온통 어지럽혀진 연구실 한구석에 식빵 속 같은 물체를 발견했다. 천천히 다가가서 만져봤더니, 갓 구워낸 식빵 속 같은 촉감이었다. 만지면 만질 수록 부드럽고, 촉감이 너무도 좋아서 행복하기까지 했다. 이런 물질이 어떻게 나온 걸까?

난 미친 사람처럼 연구실에 있는 모든 재료를 대입시키기 시작했다. 3개월 걸렸다. 그 동안의 사례를 모아서 역학조사를 한다는 것 또한 만만치 않았다. 하지만 이미 탄생한 것을 추적하는 연구라 즐겁기만 했다. 드디어 제조방법을 찾아냈다. 그리고 다시 만들어 봤다. 똑같은 물성이 탄생되었다. 나는 야호~!! 연구실이 떠나가라 환호성을 쳤다.

그렇게 만든 촉촉한 모래는 3개월이 지나도 물성의 변함이 없었다. 스웨덴제품과 비교했을 때 뛰어난 차별점은 바로 수용성이었다. 즉, 물에 녹는 특성을 갖고 있었다. 스웨덴 제품은 파라핀 모래라서 물에 녹지 않는다. 그로인한 엄청난 부작용이 많은 제품이라서 내가 연구를 시작했던 거다.

하지만 방금 내가 발명한 촉촉한 모래는 달랐다. 아이들 눈에 들어가도 안약을 넣어주면 녹아서 밖으로 나온다.혹시 아이가 먹어서 배속에 들어가도 물에 녹는 성질 때문에 사라진다. 체열에 의해서 망막이나 위벽에 달라붙을 염려도 없다. 무엇보다도 가정의 방바닥이나, 유치원 마루바닥에 떨어져도 양초모래와는 다르게 끈적임이 전혀 없다는 것이다. 간단한 물청소로 바로 청소가 가능한 신제품이 탄생한 것 이다.

대부분의 단점을 보안한 제품을 드디어 내가 탄생시킨 것이다. 나의 비판적인 근성이 대안을 내고 만든 것이다. 대한민국이 스웨덴을 앞서게 되는 거다. 나는 곧바로 특허를 출원했다.

아내 이야기

SBS방송국에서 전화가 왔다.

"촉촉이모래 발명하신 발명가 분 맞으시죠?"

영유아제품으로 요즘 인기가 많다고 하면서 SBS방송출연을 섭외해왔다. 제품홍보에도 좋을 것 같고 해서 승낙을 했다. 발명하게 된 동기, 그리고 발명과정, 그 과정 속에서 일어난 에피소드 등등 5~10분정도 방송분량을 찍어야 한다는 것이다.

당시에 나는 배재대학교 평생교육원 아동미술, 미술치료 전담교수로 있었다. 배재대학교내에 촉촉이모래 회사사무실도 있었다. 촬영하는 날, 배재대학교 나의 연구실 쪽에는 방송 촬영 관계자들이 아침부터 미리 와있었다. 그렇게 아침부터 촬영을 해서 늦은 오후나 돼서 끝났다. 그리고 촬영팀은 우리집으로 가자는 것이다. 가장 중요한 장면을 담아야 한다는 것이다. 다름 아닌 아내의 내조에 대해서 담아가야 한다는 거다. 그렇게 집에 도착해서 아내가 준비한 음식을 먹었다. 촬영팀이 온다는 이야기를 듣고, 아내는 식사를 준비했다. 자연스럽게 밥 차리는 모습 등등 찍으면서 인터뷰를 시도했다.

"사모님께서 어떠셨어요? 남편분이 발명을 하면서 경제적으로 많이 힘드셨을 텐데, 가장 힘들었을 때가 언제였나요?"

담당 작가가 아내에게 말했다.

아내는 말했다.

"아뇨 저는 이 사람을 만나서
한번도 힘든 적이 없었어요~"

아내는 말끝에 미소와 환한 웃음으로 답했다.

PD는 다시 묻는다.

"아~ 그래도 남편분이 교수님하면서 안정된 생활을 해야지, 발명하고, 사업하시니까 힘든 점이 많았을 텐데요? 돈도 많이 들어가고..."

아내가 다시 말한다.

"아뇨 저는 돈이 있을 때나 없을 때나 같은데... 그냥
　저 사람 옆에 있으면 그걸로 좋았어요.
　저 사람은 뭘 해도, 다 잘 될 거라는 생각뿐이었어요.
　그래서 힘든 적이 없었는데..."
또다시 환한 웃음으로 말끝을 장식했다.

PD는 아내가 힘들었다고 하고, 눈물 흘리는 모습을 담으려고
했다. 뜻대로 안되자 터놓고 말했다. PD는 곤혹스러운 듯 아
내에게 부탁을 한다. 좀 슬프게 아주 힘들었던 것처럼 말씀
좀 해달라는 것이다. 그러나 아내는 그렇게 못할 것 같다고
해서 결국 촬영은 스톱이 되었다.

　그날 나는 아내가 그렇게 생각했다는 것을 그날 처음 알았
다. 방송국 PD가 생각한 것처럼 눈물 흘리면서 인터뷰 할 거
라고 생각했었다. 자살을 시도하다 교통사고를 냈고, 아버지
차를 부셔서 단칸방으로 쫓겨났고, 부모님아파트 베란다 생
활을 2년이나 했는데... 2002m그림 그린다고 가족 다 내팽개
치고, 남은 재산 다 썼는데... 그래도 항상 행복했다고 말하
는 저 여자가 바로 내 아내였던 것이다. 촬영이 끝나고 나는
아내에게 다시 물었다.
　"당신 정말 한번도 힘든 적이 없었어요?"

아내가 말한다.

"네~ 당신이 뭘 하든 항상 잘될거라는 생각뿐이었어요. 그래서 불안하고, 불행하다는 생각해 본 적 없어요~. "

나는 다시 물었다.

"아버지 차 사건도? 2002m그림도? 음주운전도?"

아내는 말했다.

"잠시 속상하고, 마음이 아팠지만... 당신은 다~ 잘 될 거라고 생각했어요. 당신이 더 힘들었죠..."

그날 밤 나는 아내와 함께 해온 시간들을 떠올리며 잠에 들었다.

아내와 나는 고등학교 때 속초시 설악동에 있는 설악산교회에서 처음 만났다. 어느 날 친구가 교회에 같이 가자고 하면서 나를 데려갔다. 나는 끌려가듯이 그 친구를 따라갔다. 아이들이 예배 볼 때 낯설고, 쑥스러워서 나는 밖에 나와 있었다. 당시 아내는 밖에서 담배를 피우는 나를 위아래로 쳐다보면서 지나간 적이 있다. 아마도 나를 무척 불량스럽게 봤을 거다.

설악산교회는 이름 그대로 설악산에 올라가다 보면 있는 교회다. 상도문이라는 마을에서 버스에 내려 한참을 걸어가야 한다. 그 마을 저 편에 큰 냇가가 흐르고, 그 냇가 넘어 산을 등지고 지어진 아담한 교회다.

그렇게 예배가 끝나고 친구는 고등부 여학생들과 나를 함께 데리고 버스 타는 곳을 향했다. 컴컴한 밤에 숲을 지나고, 냇가를 지나고 다시 숲을 지나야 하는데, 갑자기 소름이 돋았다. 정체불명의 사람들이 우리를 에워 감싸오는 느낌을 받았다. 살기가 느껴졌다. 등이 오싹하는 느낌, 간만에 느꼈다. 뒤를 돌아보니 몽둥이를 든 남자들이 우리를 슬금슬금 쫓아 오는 것이었다. 나는 친구한테 말했다.

"버스 타는 곳까지 나가서 내가 튀어 하면 도망가"
그리고 그중에 한 여학생한테 이렇게 말했다.
"너희들은 얼른 집으로 가서 부엌칼 좀 가져와라
 안 그러면 이 오빠들 다 죽는다"
그렇게 동네 여학생들을 먼저 집으로 보내고, 친구와 둘이서 발걸음을 버스정류장으로 향했다. 숲을 지나서 버스정류장에 도착했을 무렵 우리는 거의 다~포위가 됐다. 순간 친구에게 도망가라고 말할 찰나에, 그 무리들 중 한 녀석이 내게 와서 무릎을 꿇는다.
"이거 뭐지..?" 혼잣말이다.
나는 천천히 그 사람 얼굴을 쳐다봤다.
"누구,,,?"

내가 물었다.

"형님~! 저 속초고등학교 봉황2기 입니다~!"

나는 금방 알아 차렸다. 우리 봉황패 동생이라는 것을 말이다. 난 힘이 났다

"얌마! 이 밤에 여기가지 웬일이야?"

둘러 쌓여있는 사람들 쭈~욱 살피면서 말했다.

우리를 둘러싼 그들은, 나의 시선에 쫓기듯 들고 온 몽둥이를 등 뒤로 슬그머니 감췄다.

"아~예 형님 오셨다고 해서 인사드리러 왔습니다."

그렇게 상황은 종료되었다. 그때 뒤늦게 식칼을 가져온 여학생이 지금의 나의 아내다.

교회 다닐 때는 그냥 교회 오빠동생이었다. 지금 생각해보면, 나는 그 많은 여학생들 중에서 그녀가 마음에 있었나보다. 한 학년 아래인 그녀에게 내가 쓰던 참고서를 거의 다~ 물려줬다. 특히 수학참고서는 친절하게도 사용법까지 알려주면서 건넸다. 은근히 내가 수학을 잘했다는 식으로 말하면서 자랑을 했다.

사실 나는 그때 다른 여학생과 사귀고 있었다. 부모님과 가족이 다 대전으로 이사를 했기 때문에 여자 친구를 집착하듯 만났었다. 그래서 아까 그 교회여동생에 대해서 특별한 감정

을 나타내지는 않았다.

그렇게 세월이 갔다. 대학원1학년 때쯤인가... 지금의 아내가 대전으로 나를 보러 왔다. 그날 아버지는 옥상에 있는 내 미술작업실에서 그 여동생을 재우라고해서 그렇게 했다. 그렇게 하루를 놀고 터미널에 배웅을 해서 보내는데, 그녀가 눈물을 흘렸다.

"왜 울어? 응?"

그녀는 말했다.

"아니...그냥 아쉬워서,,,"

그때 그녀가 날 오빠로서가 아니라 남자로 좋아하고 있음을 알아차렸다. 그렇게 그녀는 버스를 타고 갔다. 그리고 얼마 안돼서 이번에는 내가 그녀에게로 놀러갔다. 그리고 첫날밤을 보내게 되었다. 그 한 번의 동침에 소중한 우리 아들이 생긴 거다. 우리는 1988년 2월28일 결혼식을 올린다. 결혼 전에 나는 아내에게 말했다.

"나는 머리가 좋지 못해,

　하루도 잠시 머물러있는 성격이 아니야.

　때로는 미친놈처럼,

　때로는 갑자기 휙~사라지기도 해...

　네가 많이 이해해야 할 거야 "

아내는 고개를 끄덕였다.

나랑 살면서 한번도 힘든 적이 없다고 말한 것이...
미리 그렇게 각오를 하고 살아서 인걸까?

 우리의 결혼,
당연히 아버지와 엄마는 썩 좋아하지는 않으셨다.
"나는 약사며느리를 볼라꼬 했는데...
 나는 그게 꿈이었는데..."
아버지는 아쉽다는 듯 말씀하셨다.
남들 앞에서 설명하고, 물건을 파는 것을 좋아하셨던 아버지
는 약국에 앉아서, 며느리랑 함께 있으시고 싶었나 보다. 그
리고 사람들한테 이것저것 안내도 해드리고, 며느리 자랑도
하고 싶었던 거였다. 엄마도 뭔가 못마땅한 얼굴로 말하셨
다.
"왜 하필 시골애고? 번듯하게 대학원까지 보내났는데...
됐다 마! 인연인가 보다... "
시골 가난한 집 딸을 며느리로 보는 것이 못내 아쉬웠나보
다. 아내가 장만한 짐들이 집으로 들어왔다. 당시에 우리집
은 식당을 했었다. 지하1층에 지상3층의 건물에, 3층은 아버
지와 다 같이 살았다. 물건 하나하나 들어올 때마다 내 옆에
서 말하신다.
"저런 건 뭐할라 꼬... 쓸데없이..."

다른 물건이 올라오면 또다시

"에~헤 저런 건 쓰지도 않을 텐데..."

계속해서 한마디씩 하신다. 두 분이 다 마찬가지셨다. 농은 실속 없이 크기만 크고, 저런 것은 안목 없이 골랐다고 뭐라 하셨다. 나는 옆에서 아내가 들을까 마음이 싱숭생숭 했다.

 그렇게 시작된 아내의 결혼 생활은 새벽부터 일찍 일어나서 밥을 해서 가족들 먹여야 했고, 식당이 바쁘면 내려가서 식당일도 도와야 했었다. 나는 철부지처럼 매일여기 저기 돌아다녀서 사실 아내가 그런 생활을 했었는지를 잘 몰랐다. 그냥 집에 돌아오면 항상 밝게 나를 맞이 해줘서, 시집살이가 있는지, 없는지 조차 모르고 무심하게 살았다. 지금에서야 생각하면... 아버지 차를 부수고 쫓겨 나가서 분가를 시작한 날, 오히려 아내 마음은 편했을 것 같다는 생각이 들었다.

 아버지는 연설가셨다. 내가 그것을 물려받아서인지, 나도 평생 이 대학 저 대학에서 입으로 먹고 살았다. 25년 동안 대학에서 강의를 하면서, 힘들다는 생각을 한번도 해본 적이 없다. 내가 아버지의 말 빨을 물려받아서, 남들보다 더 열정적으로 강단에 선 것 같다. 그런 나의 아버지는 자기주도적인 분이었다. 뭐든 스스로 일을 벌이고, 그 일을 수습해가는 스타일이셨다.

그러던 어느 날 건설업에 손을 대신다. 그것도 자신이 주도하는 방식이 아니라, 다른 사람이 주도하는 사업에 투자를 해서 동업방식의 성격을 띤다. 그렇게 그 사업이 진행되면서, 점점 아버지는 말씀이 많이 줄어들었다. 특별히 하는 공사도 없이 돈이 자꾸 나갔나 보다. 가끔 공사를 해도 특별히 돈을 벌지는 못했던 것 같다. 만약 돈을 많이 벌었다면, 우리 가족들 앞에서 일장연설을 하실 분인데... 가끔 아버지회사를 나가봐도 특별히 아버지가 하시는 일은 없어보였다. 그렇게 시간이 갈수록 발을 못 빼시고, 많은 자산은 점점 줄어만 갔다.

내가 아버지 차를 부수고 쫓겨 나갈 때도, 아버지는 그 동업자와 통화를 했다고 한다. 그 동업자가 아들을 내보내라고 해서, 바로 분가를 시킨 거였다. 그 정도로 아버지는 그분을 우상화했었고, 그분에게서 못 벗어나고 있었다. 결국 대부분의 돈과 부동산은 사라졌다. 작은 땅 하나하고, 살고 있는 주택 그렇게 아버지 재산이 두 개만 남았을 때쯤, 아버지는 우리도 모르는 사이에 정신병원에서 받아온 우울증 약을 드셨다. 아무것도 안 하시고, 그냥 방에 누워만 계셨다.

그 때쯤 나는 아파트를 분양받고, 가양동에서 두 아이를 키우고 있었다. 아버지의 차를 부수고 쫓겨난 이후 처음으로 나는 아버지를 찾아가게 된다.

그리고 나는 아버지께 말했다.

"아버지 이 집을 정리하시고, 둔산동(신도시)에 상가를 사
세요. 그럼 월세를 받아서 편하게 유지하시면서 사실 수 있
거든요. "

아버지가 겨우 입을 열어서 말하셨다.

"세도 안 나가면... 우짜노?

내가 말했다.

"걱정 마세요, 거기 신도시는 교육열이 장난 아닙니다.
아버지가 그렇게만 하시면...저라도 들어가서 월세, 남보다
더 많이 드릴께요."

며칠 뒤에 아버지가 나를 부르셨다. 그리고 그렇게 하자 고
했다. 급히 아버지가 살던 집을 파시고, 학원상가를 매입했
다. 아버지는 상가를 사고 남은 돈으로 48평형 아파트 전세
를 얻으셨고, 함께 살자고 했다. 그리고 나는 내 아파트를
팔아서 학원상가에 인테리어를 하는데 그 돈 전부를 썼다.
대학강사로 일하면서 온갖 일을 다 해서 보태고, 알뜰히 모
아서 분양받은 아파트였다. 음료수 배달할 때, 일이 지치고
힘들 때마다, 그 아파트 공사 현장에 갔었다. 1층부터 층층
이 올라 갈 때마다, 음료수 배달차타고 와서 우리 집은 8층
인데... 하면서 봤다. 나중에 8층 올라갈 때는 가슴도 벅차
했던 나의 첫 집이었다. 그렇게 나의 첫 자산이었던 가양동

아파트를 팔아서, 그 돈 전부를 학원 인테리어 하는데 쓰게 된다.

아버지와 나는 다시 합쳐서 살기로 했다. 아내랑 아이들 둘은 할아버지와 할머니와 함께 살게 되었다. 처음 월세를 가져다 줄때는 아버지와 계약한 금액 200만원을 겨우 채워드렸다. 하지만 다음 달 부터는 학생들이 밀려와서 두 배인 4백만원을 가져다 드렸다. 그 다음달에는 5백만원을 가져다드리는데, 나는 너무도 흥분도 되고, 행복했다. 아버지가 백만원짜리 묶음 다섯 개를 받으시면, 나를 얼마나 나를 대견해 하실까... 그랬다. 아버지께서는 정말 많이 좋아하셨다. 그리고 나 보는 앞에서 아내에게 백만원짜리 돈뭉치를 하나 주시는 거다.
"아가 니 써라~"
나는 말했다.
"아뇨 괜찮아요. 이거 집세 드린 거예요"
아버지께서 말하셨다.
"아니다 아이 키우는데.. 아가 용돈도 하고~"
아내는 "감사합니다~" 하고, 돈을 받는다.
그리고 아버지는 내게 한마디 더하셨다.
"니 학원, 이렇게 돈이 잘 벌리나?"

"예~ 아버지 요즘 우리학원 선생님이 20명이나 되요~ 내년 부터는 더 잘될 겁니다. 그러면 월세 더 드릴께요~ "

"됐다~ 니나 잘 모아라~" 허허허 웃으신다.

우울증 약을 드시고 난 뒤로, 그렇게 말씀을 많이 하고, 웃으시는 모습은 처음이었다. 그렇게 2년을 잘 지냈다.

그러던 어느 날 인천에서 형님네가 오시게 되고, 형님은 나의 학원 25인승 버스를 몰게 된다. 형님과 나는 자주 언성을 높이면서 싸우게 된다. 어느날 아버지는 나보고 학원을 내주라는 밀을 하셨고, 나는 그렇게는 못하겠다고 했지만, 아내는 아니었다. 아버님 말씀대로 하자는 거다.

우리는 전민동 아파트로 전세를 간다. 아이들은 전민동에서 학교를 초중고 모두를 나온다. 아내는 오히려 행복해했다. 지금 생각하면 그녀는 따로 사는 것이 더 좋았나 보다. 나처럼 억울해하고, 분통해 하지도 않았다.

형제간에 싸우는 모습이 너무도 힘들었는데, 오히려 잘됐다고 했다. 아버지의 판단은 심사숙고 후에 결정한 현명한 판단이라는 것이다. 아내의 주장이다.

나는 아내에게 말했다.

"도대체 당신 내 부인 맞아요? 억울하지도 않아?

전 재산을 다부어서, 그 고생을 해서 학원을 일구었는데...

당신은 아깝지도 않아요? 이제부터 아버지 집에 가지도 말아
요~! "

아내는 말했다.

"우리는 또 다시 하면 돼요~"

나는 그 후로 아버지 집에 가지도 않았다. 분노와 허탈함에
매일매일 슬프기만 했다. 월세 2백만원으로 계약했지만...
아버지 기분 좋아지라고, 매번 돈 더 갖다드리면서 그렇게
잘했는데도, 아버지는 항상 큰 아들 편에 선다.

그래도 아내는 아이들 데리고 아버지 집을 나 몰래 왔다 갔
다 하는 듯했다. 나는 모르는 척했다.

그러던 어느 날 아버지는 약을 드시고 자살을 시도하신다.
병원에 실려 가신 아버지는 의식이 없는 상태셨다. 소식을
듣고 달려갔다. 그 후로 처음 보는 아버지는 내가 알던 아버
지가 아니셨다. 입만 열면 일장연설에, 가라, 차뿌라, 머라
꼬, 됐다. 하시던 그런 내 아버지였는데....다~ 늙고, 힘없
는 그냥 할아버지였다.

그렇게 시간이 지나서야 의식이 돌아왔다. 그러나 어린애 같
은 소리를 하고... 정신이 좀 이상해지셨다. 가끔 가끔 그러
셨다. 정상적일 때도 많았지만, 그래도 옛날의 내 아버지는

아니셨다. 그렇게 아버지는 요양병원 생활을 시작하신다.

나는 아버지한테 한 달에 한 번 갈까 말까 였다. 그러나 아
내는 간병인처럼 다닌다. 난 내 아버지 몸을 씻겨드린 기억
이 초등학교 때 빼고는 기억이 나지 않는다. 아내는 마치 자
기 아버지처럼 정성을 다해서 매일 씻겨 드렸다. 사실 며느
리로서 쉬운 일이 절대로 아닌데도, 아내는 그게 좋아서 한
다는 거다.

"오늘은 아버님이 웃으셨어요.

말씀도 참 많이 하셨어요.

농담도 하시고, 주변 사람들도 많이 즐거워했어요."

그렇게 병원 다녀온 아내는 내게 얘기를 다~해줬다.

그래서인지, 나는 항상 아버지를 보고 온 것 같은 느낌이었
다.

4년 이상 그렇게 병원에서 계시다가 아버지가 돌아가셨다.

돌아가시기 전, 아버지 말이 지금도 생생하다.

"정용아~ 내, 니 한텐... 정말 미안타..."

아버지의 이 말에, 왜 그렇게 눈물이 나는지... 2002m그림
그릴 때, 사진작가 지망학생의 글을 읽다가 운 것만큼이나,
소리 내며 서럽게 울었다. 나는 편안해 보이는 아버지 이마
에 입을 맞추면서 말했다.

"죄송해요. 죄송해요. 정말 ...죄송해요.."

아버지를 껴안고서 혼잣말로 그렇게 중얼거렸다. 나는 그렇게 아버지를 보냈다. 아버지 유언대로 속초바닷가에 뿌려드렸다. 아버지께서는 항상 입버릇처럼 말씀하셨다.

"나는 그래도 속초에서 고생할 때가 제일 행복했다.

동네사람들과 바닷가에서 섭죽(홍합죽)을 끓여 먹고...

난 그때가 제일 행복했다.

내 죽거든 그 바닷가에 뿌려다오~ "

그렇게 아버지는 가장 행복했던 기억만 간직하신 채, 세상을 떠나셨다.

어머니는 아버지가 돌아가시고 난 뒤부터, 세상이 재미없다고 하신다. 여기저기 다니시지도 않으셨다. 집에만 계신다. 무릎 수술을 하시고 더욱 그러셨다. 게다가 투석도 진행됐다. 절대로 투석만은 안 한다고 거부하시던 어머니는 결국 3년 이상 투석을 하셨다.

어느 날 아내에게서 전화가 왔다

"..."

아무 말도 없다.

"여보! 왜 말을 안 해?"

"...흑 흑"

약간 흐느끼는 소리가 들렸다.

"말을 해요~! 말을! 무슨 일이야?"

나는 깜짝 놀래서 보챘다. 사고가 났나? 애들한테...?

짧은 시간에 많은 생각이 지나갔다.

내가 다시 보채자 아내는 울면서 말했다.

"당신... 엄마가 너무 불쌍해서...요

지금 어머니 병원에서 나오는 길이에요 "

한 숨을 돌렸다.

"난 또, 무슨 큰일이 난 줄 알았잖아!"

그냥 요양병원에 계신 내 어머니가 불쌍해서 운 거였었다. 투석 후 아프다 아프다를 계속 반복 하셨다는 거다. 어머니의 아프다 아프다 소리에 계속 눈물이 흘러서 전화를 했다는 거다. 나는 엄마를 보고와도 그때뿐인데...

아내는 마치 자기 어머니인 냥 슬프게 흐느꼈다. 그렇게 얼마 뒤 어머니도 세상을 떠났다. 그래도 어머니는 아들이 수백억 수출하는, 큰 회사 사장의 어머니로 계시다 가셨다. 병원에서도 항상 내 자랑을 하셨다고 한다.

"우리 둘째는 돈을 어마어마하게 벌어서 이번에 백억짜리 공장을 샀어요. 그리고 매년 신탄진 불우한 학생들에게 장학금도 줘요~! "

신문에 나온 나의 사진을 들고서 그렇게 자랑을 많이 하셨다고 한다.

전혀 다른 환경에서 태어나 두 남여가 만나서 살면, 당연히 우여곡절이 많다. 화장실 사용하는 방법에서부터 싸움을 한다. 변기 뚜껑을 들고 싸라 마라, 식성, 소비문화 등등 그렇게 수많은 부부들이 서로 달라서 싸운다.

그래서 서로의 신뢰도 금이 가고, 의심하고, 미워하고 살기 어렵다면서 이혼을 하려고 한다.

그로 인해서 많은 아이들이 드러나지 않는 고통을 받는다. 수많은 가족들이 상처를 받아서 사회가 온통 뒤틀어진다. 당사자들은 물론 수많은 주변인들 까지도 아파하면서 살게 된다.

나는 지금도 매일 골프를 치러나간다. 요즘 같은 심한 무더위에도 라운딩을 한다. 그리고 내 집무실에서 자고, 다음날 또 다른 골프모임에 나간다. 일반적인 아내들은 잔소리가 대부분일 것이다. 그러면 남편은 놀아도 노는 것 같지 않다. 돈이 아무리 많아도 행복감은 떨어진다.

내 아내는 달랐다. 나의 집무실에 2~3일에 한 번씩 와서는 빨래도 해놓고, 청소도 해놓고 간다. 간식도 챙겨놓고, 메모도 해놓고 간다.

"이건 렌지에 1분 돌려서 드세요...

이건 바로 드셔도 돼요~"

하지만

"사랑해요~"

같은... 그런 매모 내용은 없었다. ㅋ

　처음부터 그렇게 날 믿고 격려해준 건 아니다. 우리도 처음에는 마찰이 있었다. 그러나 아내는 하나하나 이해하려고 들었다. 자신보다는 남편인 나를 먼저 배려하는 태도로 나를 변화시킨 것이다. 나 또한 아내의 그런 태도에 점점 그녀를 믿고, 의지했다.

그렇다고 "당신을 믿어요, 의지합니다."라고, 말한 적은 없다. 그녀가 있어서 든든한 마음에 매일 매일 편안한 마음으로 일 할 수 있었다. 표현은 못했지만... 지금 나는 아내를 그 무엇과도 바꿀 수 없는 가장 소중한 사람으로 생각한다.

　며느리를 맞이했다. 며느리 생일이 2월 28일이다.

우리 부부 결혼기념일과 같다. 사돈댁과 우리가족은 돌솥정식집에서 식사를 하고, 파티를 했다. 그리고 식당을 나오는데, 대형 아파트 모델하우스가 보였다. 우리는 97평? 와우

90평, 백평짜리 아파트는 어떨까? 분위기를 띄우면서면서...
함께 모델 하우스를 구경하러 갔다.

모델하우스 문을 열고 들어서는데, 갑자기 폭죽이 터지면서
1004번째 방문객이라고, 꽃다발 선물에 현금 십만사천원이
들어있는 돈 봉투까지 받았다. 아내는 우리들을 보고 말한
다.

"와우~ 행운이다 행운" 하면서 좋아서 어쩔 줄 몰라 했다.
그리고 가이드와 함께 우리 모두 다~같이 올라갔다.

가이드가 801호로 안내했다. 부엌을 시작으로 해서 안방까지
천천히 둘러봤다. 다들 놀랜다.

"와~ 이런데서 한 번 살아봤으면 좋겠다~ "
아내도 똑같은 말을 한다.

"너무 좋다!! 그런데 너무 커서 청소는 어떻게 할까? "

"일하는 사람두면 되죠~!"
며느리가 말한다.

아내는 미소를 띠면서 가이드를 따라서 안방 쪽으로 이동한
다. 아내가 안방에 도착했다. 그리고 아내는 안방에 걸려있
는 현수막을 보고 소스라치게 놀란다. 그 현수막에는 아내의
젊었을 때의 모습과 얼마 전 아들부부와 함께 다녀온 일본여
행 때, 찍은 가족사진이 들어있었기 때문이다. 그리고 이렇
게 쓰여 있었다.

"여보 28년 동안 나와 살아줘서 고맙습니다. 앞으로 28년을 더~ 여기서 살아줘요~"

그때 아내를 뺀 나머지는 아내를 향해 폭죽을 터뜨리고 박수를 쳤다. 내가 이미 이 아파트를 분양받고, 벌인 결혼기념 이벤트였다.

사돈어른, 며느리, 아들, 나 모두가 짜고서 벌인 거였다. 아내는 눈물을 글썽이며 좋아했다. 나는 아파트 분양계약서를 아내 두 손에 건넸다.

남녀가 만나 산다는 것은 이런 거 같다. 나로 인해서 상대가 편하고, 행복해졌으면 좋겠다고 생각하며 사는 것이다. 나는 요즘 주례를 자주 선다. 주례사에는 항상 아내 이야기가 들어간다. 전화를 해서 아무 말 없이 흐느꼈던 아내와 내 어머니 이야기를 해준다.

그리고 마지막 멘트로 이렇게 말한다.

"신랑신부~ 저희 부부보다 더 행복하게 살아야 합니다~!"

신랑 신부가 말한다. "네~"

그렇게 나는 보통 2~3분 내로 결혼식 주례를 마친다.

큰 박수가 쏟아진다. 나는 이 모든 박수를 아내에게 드린다.

아들 이야기

벌써 내가 결혼을 한지가 28년이나 되었다. 그렇게 아들 나이는 벌써 29살이다. 얼마 전 결혼도 시켰다. 나는 아들이 3~4살 때 봉고차 조수석에 앉혀서, 동네 한바퀴 돌고~ 돌아서 재웠다. 아들이 워낙 잠이 없었다. 자주 울고, 떼를 많이 쓴다. 뭐만 보면 사달라고 난리다. 그렇게 아들바보처럼 아들을 안고 다녀야 했다.

내가 며칠 어디가 있으면, 밤마다 아빠를 찾고 운다. TV에 나를 닮은 정한용이라는 탈랜트가 나오면, 아빠라고 소리치며 난리를 부쳤다고 했다. 사실 내가 더 잘생겼는데...^^ 아들이 중학교 때는 살 뺀다고 함께 조깅을 했다. 전민동 세종 아파트 뒤에 연구소 담장을 따라 달리면 2키로 조금 안 된다. 아이를 데리고 달리기 시합을 한다. 당연히 내가 빠르다. 뒷걸음도 치고, 천천히 달리면서 보조를 맞췄다. 아들은 나를 앞서간다. 그리고 다시 내가 추월한다. 그러나 고등학교 올라와서는 내가 죽을힘을 다해서 달려도, 아들에게 뒤쳐졌다. 나는 그런 아들의 성장 과정을 제대로 관찰하면서 키웠다. 나의 아버지처럼 저 아이에게 상처를 주지는 않은 거라고, 사랑을 듬뿍 담아서 키웠다.

금방 자라더니, 아들이 대학을 갔다. 한남대학교 글로벌비지니스학과다. 그 대학은 영어로 수업을 하고, 졸업 후 글로벌한 기업인으로 만드는 과정이다. 나는 군대의 부담을 최대한 빨리 벗어나게 하기 위해서 한 학기 후 바로 군대를 보냈다. 대부분의 부모가 그렇겠지만 아내도 울었다. 연병장에서 빡빡 머리를 깎고 들어가는 아들을 보고, 울지 않는 부모는 드물었다. 난 안 울었다. 오히려 많이 웃었다. 군악대가 슬픈 음악을 연주해도, 오히려 툭툭 아들을 치면서 말을 걸었다. 그렇게 군대를 보냈다. 그리고 제대 후 뉴욕으로 보냈다.

발명품인 촉촉이모래를 뉴욕에서 팔아보라고 하면서 보냈다. 처음에는 LA로 보냈는데... 미국 중심에서 해보고 싶다면서, 뉴욕으로 이동을 한 것이다. 그렇게 아들은 뉴저지에 있는 백화점에 매장을 얻고, 판매를 시작했다. 나는 사실 돈을 벌어오라는 것이 아니고, 영어라도 잘 배우고 왔으면 했다. 또한 다양한 경험을 통해서 남보다 더 빠른 국제상법을 익히기를 바란 것이다.

아들은 잘 적응 하는 듯 했다. 백화점에서 반응도 괜찮고, 직원들 월급주면서 잘 유지 된다고 했다. 중간에 잠시 한국에 나왔을 때, 생활비 보태라고 천만원 정도 챙겨주기도 했다. 그렇게 그렇게 시간이 흘렀다. 특별히 큰 성과가 없어서, 그만 미국에서 철수 시키려고 통화를 했다.

"현아~ 그만 철수해서 돌아와라"

아들은 말한다.

"응... 근데 정말 마지막인데, 이번에 뉴욕 토이쇼만 참가하고, 귀국할게"

아들은 담배도 서로 얼굴보고 피게 하고, 말도 친구처럼 반말을 쓰게 키웠다.

"그래 알았다. 마지막 박람회라고 생각하고, 그것까지만 하고 들어와라~ 학교도 마저 다녀야 하니까... "

마지막 뉴욕 토이박람회를 마치고, 아들이 귀국을 했다. 미국상인을 만났는데, 이 사람과 일하면, 세계시장을 빠르게 진출할 수 있다는 거다. 시애틀에 마크라고 하는 상인 이야기를 많이 했다. 나는 별로 귀담아 듣지 않았다. 그리고 귀국을 환영하는 뜻에서 나는 아들에게 오픈카를 선물했다. 그 다음날 유독 통화가 많은 날이었고, 내가 좀 지친 날이었다. 아들에게서 전화가 걸려온다.

"아빠 미국에서 그 상인이 물건 값을 조정하자.. 는데 일단.."

아들 말이 끝나기도 전에 나는 언성을 높여가면서 말한다.

"야~! 모든 상인들은 나 똑같은 말을 하는 거야!!

넌 가격 가지고~ 왜그래!! 일단 끊어 "

무척 바빴기 때문에 서둘러 말하고 전화를 끊었다. 좀 한가해진 다음에 아들에게 전화를 했다.

"다시 얘기해봐~" 내가 말했다.

"우리 제품이 고가라서 사실상 조절이 좀 있어야.."

또다시 말이 끝나기 전에 아들에게 다그치며 말했다.

"그런 식으로 하면 그 어떤 나라도 못 파냐??

넌 아빠 일을 돕겠다는 거냐~? 힘들게 하려는 거냐~?

아빠 사업에 도움이 돼야 될 것 아냐!!! 으그~ 짜증나~!! "

갑자기 아들이 전화를 끊어버린다. 내가 다시 걸었다. 전화를 받지 않는다. 그리고 그 다음날 내 책상에는 몇 일 전에 뽑아줬던, 외제차 열쇠가 놓여 있었다. 그리고 집을 나간 것이다. 미국에서 돌아와서 한 달도 안 되서 벌어진 일이다. 처음에는 며칠 지나면 돌아오겠지 생각했다. 그렇게 일주일, 이주일이 지나도 돌아오지 않았다. 전화번호 자체를 없애 버렸다. 시간이 갈수록 나는 초초해졌다. 어디 가서 무엇을 하든지 그건 상관없다. 그냥 살아만 있었으면... 했다. 시간이 갈수록 불길한 생각이 자꾸 들었다.

그렇게 한 달이 지나도 소식이 없자, 우리 두 부부는 정말 초조해졌다. 사업도 의미가 없었고, 아무것도 눈에 들어오지 않았다. 나는 여기저기 수소문하다가 경찰에 신고부터 해야겠다는 생각을 했다. 경찰에서는 성인이라서 실종신고를 한다해도, 추적은 되지만 사망 외에는 신상을 부모한테 알려줄 수는 없다는 것이다. 일단은 살아있는 것만이라도 확인하고 싶었다. 확인결과, 서울 어디서 전화번호도 새로 내고, 잘살고 있다는 것이다. 나는 그제서야 안심을 했다.
아는 사람을 통해서 친구경찰에게 사정을 해서 신상정보를 얻었다. 그렇게 아들에게 갔다. 몰래 숨어서 아들이 나오거나 들어갈 때를 기다렸다. 하루가 지났다. 볼 수가 없었다. 잘못된 정보일까...? 또 하루가 지났다. 내가 왔다 갔다 할 때 아들이 나간 것일까..? 3일째 되는 날, 난 노크를 하기로

마음먹었다. 그리고 주택아래 반 지하 단칸방에서 가서 문을
조심스럽게 두드렸다. 안쪽에서 누군가 나왔다. 아들이었다.
우리는 서로 아무 말도 못했다.

아들이 말한다.

"앞에 나가 있으면 제가 나갈게요"

존댓말을 쓴다. 거리감이 느껴졌다.

'정말 나와야 한다. 나 너 데리고 갈 생각 없다.

너 하고 싶은 대로 놔 줄 테니, 대화만 좀 하자~! "

밖에서 기다렸다. 안 나오고 다른 데로 도망가면 어쩌지...
불안했다. 잠시 후 아들이 나왔다. 우리는 길가 보도블럭 턱
에 쪼그리고 앉았다. 슈퍼에서 사온 소주를 나눠 마셨다.

사실 이 아이를 찾으면서 나는 아들에 대한 새로운 것을 많
이 알게 되었다. 이제야 아내는 내게 말한다면서 고등학교
때 무단결석을 한 적도 있었다고 했다. 어느 날은 아내 보는
앞에서 아들이 아파트 난간을 올라 타고서, 뛰어 내린다고
협박하면서 난리를 친 적도 있었다는 것이었다. 나만 몰랐었
다.

"왜 나한테는 말을 안했어요?"

내가 아내에게 물었다.

"당신한데 말하면 애를 반 죽여 놨을 텐데...어떻게 말해

요?!"

아내의 말을 듣고 나는 피가 거꾸로 도는 것 같았다. 지나온 시간들이 머리를 스쳤다. 조깅도 하고 맞담배도 피고, 반말도 하게 하면서 그 누구보다도 잘 키웠다고 생각했지만... 그건 나만의 생각이었던 것이다.

나 스스로가 너무 부끄러웠다. 어렸을 때 치과 앞에서 아들 뺨을 때린 기억이 났다. 장난감 총으로 두들겨 패고, 그 총을 아들 보는 앞에서 내려쳐 부순 기억도 났다. 소리를 지르면서 아이들을 윽박질렀던 기억들이 마구 떠오른다. 나는 최고의 아빠였다고 생각했었는데... 그건 나만의 생각이었다. 아내와 아들이 본 나는 그냥 소리 지르고, 분노하는 아빠였던 것이다. 잘 키우겠다고 했던 내가, 돌아가신 내 아버지와 크게 다를 것이 없었던 거다...

나는 아들을 찾기 위해 미국에도 연락을 하고, 주변 사람들에게 연락을 취하면서 추가로 새로운 것을 알아내게 된다. 일단 말도 안 통하는 곳에서 스트레스가 엄청 심했다고 한다. 그리고 뉴저지 백화점 알바들 월급주면, 자기 생활비가 없어서 백화점 일 끝나고, 별도로 아들은 알바를 해야 겨우 유지를 했다는 것이었다. 그 알바일도 숨어하는 일이라 스트레스가 엄청 심했다고 했고, 특히 아들은 아빠인 나한테 잘 보이려고, 그냥 잘된다고만 했었다는 것이다. 힘들고 어려웠다고 말했으면 아빠 성격상, 당장 집어 치우고 나오라고 할 것이 뻔했다는 거다. 또 여기저기 거짓말 하는 사람들도 만나고, 돈도 떼였다고 했다. 조금씩 사기도 당하고... 아무튼 아들의 미국생활은 내가 생각한 것과는 아주 달랐었다는 사실을 하나만으로도 가슴이 미어지도록 아팠다. 그리고 아들은 마지막 카드인 시애틀상인 마크라는 사람과 함께 우리제품을 전세계에 수출하고 싶었는데, 그렇게 좋은 결과를 내서 아빠를 기쁘게 해드리고 싶었는데, 나는 무조건 소리를 지르면서, 안 된다고 무시만 했던 것이다.

아들이 군대휴가를 나왔을 때였다. 회사가 한참 김치통에 넣어서 팔았던 초창기였었다... 제품의 공정이 잘못 됐는지... 계속해서 제품에서 불량이 나왔다. 매일 불량을 골라내서 완성품을 만들다 보니 인건비가 많이 들었다. 완성품에도 그런 불량이 조금씩 섞여 나갔다. 아들은 이 불량을 보더니 제조공정을 다르게 해봐야겠다고 하면서 공장에 들어가서 연구를 했다. 그렇게 며칠을 연구하더니, 불량이 나는 것을 원천적으로 바꿔놓았다. 제조 순서를 다르게 하고, 기계작동 시간을 조절하더니 불량이 잡힌 거다. 그렇게 100%완벽한 제품이 탄생하면서 인건비도 줄고, 생산성도 좋아졌다. 지금도 그때 아들이 개발한 제조기술로 생산해서 수출을 하고 있다.

그러던 어느 날 아들에게서 전화가 왔다.

"아...빠... 너무 아파요..."

숨도 못쉬듯 비명과 함께 말을 한다.

"왜? 왜 그래"

나는 다그쳐 물었다.

"손이 손이 나갔어요~!!! 뼈가보이고.. 아~~"

나는 온몸이 굳어서 움직일 수 없었다.

기계 속으로 아들 손이 빨려들어 간 것이다. 응급차에 실려
서 병원으로 수송되고, 큰 수술을 받게 된다. 얼마 전, 아들
이 수술 받았던 그 병원을 지날 때 아들 손이 생각이 났
다.

수개월 만에 만나서 길거리에 걸터앉은 우리는 술한잔씩을
나누고도, 서로 아무 말도 하지 않았다. 아들이 내게 술을
따르는데, 아들 엄지손에 수술자국이 보였다. 난 그 손을 쓰
다듬으며 술잔을 들었다. 아들 보는 앞에서 눈물이 흘러 나
왔다. 내가 먼저 말문을 열었다.

"미안하다. 몰랐다.
  네 가 미국에서 그렇게 힘들게 살았는지 정말 몰랐다.
  네 가 하고 싶은 대로 살아 보렴~

너를 세상 누구보다 잘 키우고 싶었다.

그리고 널 정말 많이 사랑한다... 그것만은

네가 알고 살아가기를 바란다."

나는 그렇게 말하고 자리에서 일어섰다. 아들을 뒤로 하고 난 다시 대전으로 내려왔다. 내 아버지가 돌아가실 때 내게 들려준 미안하다는 말을, 내가 이렇게 내 아들에게 빨리 말하게 될 줄 몰랐다.

그렇게 몇 달 뒤에 아들이 돌아왔다. 그리고 좋은 여자를 만나서 결혼도 했다. 우리 회사 상무로 일하지만, 사실상 회사일 거의 대부분을 하고 있다. 내년에는 사장으로 발령 내려고 한다. 이 책이 출판 되서 서점에 있을 때는, 아들이 사장으로 일하고 있을 것이다.

며느리를 봤지만, 아내도 나도 며느리한테 시부모 역할을 하지 않는다. 주변에서 며느리 밥 좀 얻어먹느냐? 등등 말을 하지만 난 관심이 없다. 분가해서 사는데... 며느리한테 밥 하라고 시킬 일이 없다. 그냥 둘이 좋으면 부모는 그냥 좋은 거다. 며느리가 있지만... 내게 며느리가 있나? 싶을 정도다. 5월 5일쯤 아들내외가 우리집에 왔다. 케익을 가져왔다. "아버님 어머님 저희 어버이날 못 찾아 뵐 것 같아서 일찍 왔어요."

며느리 말이다.

"그래그래 어디들 가냐?"

"네 춘천에 놀러가기로 했어요.

춘천은 제가 학교를 다닌 곳이라.. 추억도 많아서요"

"그래그래 알겠다."

그렇게 아이들이 다녀갔다.

5월8일 아침부터 TV에서 어버이날이라고 계속 그런 내용만 나온다. 돌아가신 부모님 생각도 났고, 특별히 할 일도 없었다. 아내랑 둘이서 뒤척뒤척 하다가 나는 점심을 먹고, 골프연습장에 갔다.

거기서 사람들을 몇 명 만났는데, 다들 어버이 얘기다.

"어쿠~ 며느리도 보셨는데 며느리가 잘해줘요?"

나는 말했다.

"아~네 네. . 점심 얻어먹고 나오는 길입니다.~"

공을 치고 있는데... 은근히 속이 상했다. 하루가 거의 다~ 갔는데도 아들과 며느리는 전화도 없다. 춘천에 놀러간 건 좋은데, 오늘 같은 날은 문자라도 넣어야 맞는 거라고 생각했다. 아들도 장인장모에게 문자를 안 넣었을까... 생각하다가 가족소식란(가족밴드)에 글을 썼다.

[문자라도 넣어야 하는 것 아니냐? 아들! 너는 장인장모한데 전화라도 해드렸냐? 참 하루가 정말 짜증이 난다... 앞으로

는 그러지 말자~ 행복하자고 사는 건데...]

그날따라 평소 연락을 잘하던 딸까지도 아무 소식이 없었다. 글이 올라가자마자, 며느리한테 전화가 온다. 딸에게서도 전화가 빗발친다. 그냥 퉁명스럽게 받았다. 그렇게 어버이날은 지나갔다.

연휴 끝나고 월요일 집에 들어가는 길이었다. 어버이날 내가 괜히 그런 것도 같고 해서, 아들에게 전화를 걸었다. 우리집을 가다보면 아들집을 지나니까, 혹시 시간되면 맥주라도 하려고 했다.

"뭐해?"

"응 술 마셔"

잘됐다 싶었다. 계속 물었다.

"어디서? 누구랑?"

"직원들하고.. 누구누구랑" 이렇게 말했다.

"다른 직원들도 함께 하지 않고.."

"...."

아들이 아무 말도 안한다.

내가 말했다.

"야~ 어버이날 기억하지?"

아들이 말한다.

"응"

"대답이 뭐 그래? 기분 나쁘냐?"

"...."

또다시 아무 말도 안한다.

어버이날 이후 서로 기분이나 풀까 해서 전화하다가, 뜻하지 않게 일이 커져버렸다. 나는 갑자기 화가 났다.

"야~ 우리가 고생해서 일하는 거, 다 가족들 행복하자는 것 아니냐? 안 그래?~!! 근데 너는 왜 표현이 없냐~! 그날은 죄송했어요~! 라고 할 수 있는 거잖아~! 안 그래~!! "

아들이 전화를 끊는다.

"야~! 야~!"

다시 전화를 했다. 받았다가 다시 끊는다.

이번에는 아들이 전원을 꺼버렸다.

나는 아들과 함께 마신다는 직원들한테 전화를 했다.

역시 받지를 않는다. 아들이 못 받게 하는 것 같았다.

나는 며느리한테 전화했다.

"이 녀석 어디서 술 마시냐?

  나 오늘 이 녀석 못 만나면,

  너희들 전부 끝나는 줄 알아라"

나는 매번 그렇지만, 화가 날 때는 순간 조절이 잘 안 된다.

화가 심하게 났다. 분노가 조절되지 않았다. 그날은 결국 못 만나고 나는 며느리한테 전화해서 마구 말했다.

"너희들 법인카드 다 내놓고, 사는 집도 내놓고 나가살아라. 나 더 이상 저 녀석(아들)과 안 한다. 당장 꺼지라고 해"

또다시 고질병적인 나의 성격이 나왔다. 그렇게 어버이날 사건으로 우리는 서로에게 또다시 큰 상처를 준다. 그때는 정말 회사를 스톱하더라도 아들과 분리하고 싶었다. 하지만 시간이 지나자 또다시 후회가 밀려왔다.

"원래 무뚝뚝한 아이인데, 내가 좀 너 참고 이해해야 하는 건데"

나 스스로에게 말하면서 후회는 깊어갔다. 내가 후회하는 것은 나로 인해서 아들이 상처를 받았기 때문이었다. 며칠 뒤에 이런 문자가 왔다.

[아빠 미안하고 죄송합니다. 태어나서 처음으로 이렇게 긴 문자를 보냅니다. 조금씩 더 표현함으로써 가정이 행복해진다는 말씀을 많이 생각해봤습니다. 가족일수록 서로 더 표현하고 살자는 아빠말씀에 노력하겠습니다. 원래 성격이 이래서 잘 될지는 모르지만, 정말 노력해 볼게요~]

나는 답장을 했다.

[나도 잘 한게 없다. 그날은 정말 술 한잔 하려고 전화 한

거였다. 없었던 거로 하자. 내일 부터 회사 다시 출근해서
일해라~]

그렇게 다 풀린 줄 알았다. 그런데 며칠 뒤에 아들은 별도로
나를 다시 찾아 왔다. 다 풀린 줄 알았지만, 그래도 남은 응
어리를 풀려고 왔다고 한다. 아들과 처음으로 긴 이야기를
나눴다. 아들이 흐느끼면서 말을 했다.
"나... 어렸을 때 아빠한테 맞은 적이 있었는데...아빠가
날 죽일 수도 있겠구나...생각이 든 적도 있었어.."
그랬다. 내가 내 아버지한테서 느꼈던 것을, 아들도 내게 똑
같이 받았던 거다. 우리는 대낮에 커피숍에서 서로 부둥켜안
고 울었다. 내가 아들을 저토록 아프고, 힘들게 했다는 생각
에 가슴이 미어져왔다. 그렇게 우리는 서로에게 알 수 없이
쌓여있던 커다란 장벽들을 허물 수 있었다.

주는 사람은 다~ 준 것 같이 생각하지만, 받는 사람은 다~
받지 않았다고 생각한다.
상처를 준 사람은 이미 다~ 잊고 살지만, 상처를 받은 사람
은 가슴 속 깊게 쌓아놓는다.
사랑을 많이 줬다고 생각하는 사람은 상처도 함께 준 것을
모른다.

항상 못 받았다고 불평하고 사지만, 이미 많은 것을 받고 있
다는 것을 모르고 산다.

나는 내 아버지가 항상 남의 아버지 인 듯했다. 이제야 말할
수 있는 건, 나도 내 아버지에게서 다른 아버지들보다, 더
많이 받았다는 것을 깨닫고 있다.

어울림

    나는 대학에서 강사로 교수로 활동하면서 취미생활이나, 교수들간의 모임이라든가, 동네 또는 사회모임이라는 것을 전혀 모르고 살았다. 안정된 정교수의 월급을 받은게 아니라 나는 항상 새로운 무언가를 해야만 생활이 가능했기 때문이다. 그렇게 항상 강의하고, 연구하고, 논문을 쓰고... 또 새로운 일거리를 찾고, 그렇게 집과 직장만을 오가면서 혼자서 지냈다. 그래서 나의 주변은 항상 학생들과 직원 그리고 가족뿐 이었다. 그렇게 일하면서 나는 남다른 꿈을 키워갔다.

    내가 50살이 되면... 그때는 일은 그만하고, 정말 내가 하고 싶은 것들을 찾아서 마음껏 다~ 해보자는 것이었다. 회사가 성장해 가면서 나는 점점 여유가 생겼다. 특히 아들이 사

업을 도와주니 더욱 나는 편한 마음으로 어떻게 놀까?... 를
생각했다. 일단은 운동을 하고 싶었다. 살을 빼야겠다고 생
각하고 탁구장을 갔다. 월회원으로 가입을 하고 탁구를 시작
했다. 어느 정도는 실력이 되어야만 남들과 함께 공을 주고
받으면서 칠 수 있는 운동이라서 우선 혼자서 땀을 내려고,
기계에서 나오는 공을 열심히 휘두르고 있었다. 그러던 어느
날 누군가 나를 등 뒤에서 부르는 것 같았다.

"여기요~ 나와서 저랑 같이 쳐요. 제가 좀 받아드릴게요"
나는 밖으로 나갔다. 실력도 부족하지만, 낯선 사람과 함께
탁구를 치는 것 자체가 처음이었다. 기계에서 나오는 공을
치는 것과는 비교가 안 될 정도로 재미있었다. 땀을 빼려고
공을 치는 것이 아니고, 즐기다 보니 땀이 난다.

그 사람은 친절했다. 경상도 사투리에 서울대 출신에 공학박
사다. 나이도 나와 같아서 친구가 됐다. 운동 후 그와 시원
한 맥주한잔이 너무도 좋았다.

 그 친구가 속해 있는 탁구동아리에 들어갔다. 대부분 나이
가 나보다 많은 사람들이었다. 한 달에 한두 번 정기 모임을
해서 경기 후 회식을 한다. 회비도 내지만 나는 별도로 찬
조금을 더 냈다. 동호회 사람들이 나를 부자로 알고 있다.
정기 모임 후 잔디밭이 있는 나의 집무실(회사사택)에서 회

식을 한 적이 있다. 큰 빌딩과 천여 평의 땅에 골프연습장까지 있는 것을 알게 됐다. 그래서 크게 드러나지 않게 다른 회원보다 조금씩 더 기부금등을 냈다. 모임에서 가을이 되면 여행을 간다. 버스를 대절해서 단풍구경을 간다. 나는 그때 또 한 번 새로운 것을 알게 됐다.

"아하 관광버스타고 사람들이 여행가는 게 이런 거 구나..."

떡이나, 과일 등 음료와 술을 준비해서 버스에 오른다. 음악을 틀고, 좌석사이로 난 복도에서 휘청휘청 춤을 춘다. 난 멀리서 그런 버스들을 보고, 나와는 관련이 없는 삶이라고 생각했었다. 함께 모여서 산에도 가고, 가을에는 단풍놀이도 가면서 사람들은 어울려 살고 있었던 것이다. 나는 이제야 그런 어울림을 하나하나 맛보기 시작한 사회 초년생이었던 거다. 그래서 그런 행사 때에도 나는 회비 말고도, 자발적으로 모임 총무에게 돈을 더 냈고, 그런 것들이 내게는 즐거움이었다.

그러던 어느날 누군가가 골프를 추천해서 골프를 배우기 시작했다. 골프는 탁구보다도 더 다양한 사람들과의 어울림이었다. 골프모임은 동호회가 더 많았다. 탁구야 구장에 가면, 한 사람만 있어도 같이 칠 수 있다. 골프는 4인이 한조가 돼서, 사전에 날짜와 시간을 예약해서 진행한다. 골프모임은 다음 달, 몇 주차, 무슨 요일 에 골프하는 날로 정하고, 그 날은 하루 전체를 비운다. 그날의 약속은 쉽게 어길 수 가 없다. 만약 운동을 못 가게 되면, 다른 사람을 대신 보내야 할 정도로 엄격하다.

 역시 골프모임도 운동 후 회식을 한다. 나는 골프모임을 여러 개 하고 있다. 하나는 동네 연습장에서 만난 사람들과의 모임이다. 다른 모임은 라이온스 등 경제인들과의 모임이다. 대부분의 모임은 다들 비슷하지만, 동네에서 만난 골프모임은 좀 더 친근감이 갔다. 탁구 동호회처럼, 나를 아는 사람들이라서 내가 조금씩 더 쓰려고 한다. 어떤 운동이나 놀이에도 사람들은 돈 내기를 한다. 재미와 운동 후 식사나 술한 잔 하기 위해서다. 그런 재미를 위한 게임이 가끔 서로에게 상처를 주는 싸움이 되기도 한다. 그런 싸움 자체가 살아가는 재미이기도 하지만, 그래서 친했던 사람들이 거리가 멀어지는 경우도 종종 있다.
 나는 비교적 돈을 남보다 더 잃는 편이다. 가끔 따기도 하는데, 바로 돌려주거나, 따서 기분 좋다고 술을 사기도 한다. 그래서 내가 운동하자고 하면 대부분 "오케이" 한다. 어느 날 실내스크린 골프게임을 했다. 네 명 중 한 사람이 집중적으로 돈을 많이 땄다. 나는 네 명 중 가장 많이 잃었다. 가장 많이 딴사람이 먹은 식대비도 내고 게임비도 내준다. 그런데 나한테는 "식대는 낼 테니까, 게임비는 직접 내요~" 한다. 나는 억울한 감이 있지만, 돈을 추가로 꺼내서 나의 게임비용을 냈다. 그런데 다른 사람의 게임비용은 그 사람이 딴 돈으로 내주는 것이었다. 내가 그들보다 좀 더 재력이 있다는 걸, 아는 사람들이기에 이해는 했다. 하지만 그런 일이 자주 벌어지다보니 시간이 갈수록 마음이 많이 상했다.

모임 후 다음 경기를 위해 회의를 한다. 야유회든 이벤트 등등 모임의 즐거움을 위해서 의견을 제시한다. 나는 어떤 모임을 가도 거의 발언을 안 한다.그냥 네 네 하면서 따라가는 스타일이다. 회장 부회장 등등 임원자리도 적극 사양한다. 아내는 사업이 커지고 내가 사회모임을 통해서 남들과 어울리는 모습을 보면서 최근에 내게 당부한 것이 있었다.
"어디 가서 직책 맡지 마시고,

나서지 마시고,

돈도 이유 없이 쓰지 마시고,

말씀도 너무 많이 하지마세요~"
나는 물었다.
"왜 여보?"
아내가 말한다.

"당신은 교수님이셨고, 큰 사업을 하는 분이라,

　말이 많으면 선생질한다고 할 테고,

　돈을 잘 쓰면 돈 자랑 한다고 손가락질 받을 거예요.

　다들 그런 건 아니지만..."

나는 고개를 끄덕였다. 상당히 그럴듯한 조언이었다. 그 후로 나는 어떤 모임을 가서도 직책을 맡지 않았다. 기분 이다~ 라고 하면서 돈을 펑펑 쓰지도 않으려고 노력했다.

가끔 술에 취해서 가자~ 쏠게 한 적은 몇 번 있었던 것 같다. 그리고 다음날 바로 후회를 하고는 했다.

시간이 갈수록 모임수가 늘었다. 요즘 모임에 가면, 점점 당황스럽게 하는 말을 자주 듣는다.

"형님은 돈이 많으니까 회비 좀 더 내 시죠~"

"이번 야유회에 찬조를 좀 하셔 야죠~"

"어휴~ 돈 많은 사람이 왜 그러세요?~"

"이번 체육대회 기부금 좀 크게 쏘세요~"

"같이 가요~돈 많은 형님이 여기는 내 세요~!!"

초기에는 그냥그냥 웃으면서 그렇게 이해하고, 더 내고 더 썼다. 그런 말 안 해도 사실은 조금씩 더 낸다. 내가 알아서 내는 것과 내라고 해서 내는 것은 크게 달랐다. 시간이 갈수록 점점 듣기가 힘들고, 모임 자체가 불편지기까지 했다. 그런 사람들과의 어울림이 점점 어렵게 느껴졌다. 그들과 같이 어울리면서도 다른 부류에 있는 듯한 느낌을 받았다. 같은 단체인데도, 마치 나는 별도의 사람인 것 같은 그런 기분이 드는 것이다.

누구나 고향 친구들이 있다. 고향 친구라 함은 대부분 초, 중, 고등학교 시절의 친구를 말한다. 나도 그런 친구들이 있다. 몇 명은 고향에서 살고 있고, 또 몇 명은 서울이나 다른 지방에서 산다. 50살 정도의 나이가 되면, 부모님이 돌아가셨다거나, 아들, 딸 결혼식에 그 친구들이 모인다. 뭐~ 그런 것 말고도, 가끔은 친구를 만나러 일부러 가서 보기도 한다. 나의 그런 성장기는 강원도 속초다. 관광지라서 일 년에 한 두 번은 여행 삼아서도 간다. 또한 그 친구들도 대전 쪽으로 오면, 내게 연락해서 얼굴도 보고 살아온 이야기를 나누면서 회포를 푼다.

한번은 나의 고향친구가 자기네 모임사람들과 등산을 갔다가 대전을 지나면서 내게 들렀다. 나는 그 친구의 기를 세워주려고, 푸짐하게 동행자들에게 술과 음식을 대접했다. 기대 이상의 대접을 받은 나의 고향친구는 동행자들 앞에서 나를 가리키면서 이렇게 말을 한다.

"이 XX놈, 이XX가 항상 제가 말했던 그 친구예요~!"

그 친구는 학창시절처럼 욕을 섞어가면서 나를 소개한다. 가끔 내 제자들 앞에서도 이X끼 저X끼 하면서 친근감을 표현한다. 종종 내 머리를 툭툭 치면서 말이다. 가끔 정도가 지나쳐서 당황스러울 때도 있었다. 그때 마다 난 이렇게 대처했다.

"좋~다~! 간만에 정말 친구를 만난 것 같아서, 정말 좋다~! 사회에도 친구가 많지만, 내게 이렇게 하는 사람은 없잖아? "

그렇게 상황이 더 화기애애해 질 때가 많았다.

어느 날 나도 속초여행을 가게 됐다. 대전에 사는 나는, 이곳 골프를 치는 사람들과 함께 속초로 골프여행을 갔다. 골프를 치고, 저녁을 하고나서 2차로 술집을 갔다. 술이 어느 정도 오를 쯤, 고향친구인 그 친구가 왔다. 내가 불렀다. 내 동반자들에게 소개했다.

"내 친구입니다. 이곳에서 꽤 유명한 놈이죠!~"

그렇게 나도 그 친구처럼 옛날 별명을 불러가면서 이XX 저XX 하며 소개를 했다. 그런데 그 친구가 5분도 안 되서 자리를 일어섰다.

"나 먼저 갈게~" 그 친구가 나한테 말했다.

곧바로 나의 동행자들한테도 인사를 한다.

"저 먼저 들어가겠습니다~ 선약이 있어서요..."

그러고는, 그 친구가 일어서서 밖으로 나간다. 나는 그 친구를 엘리베이터 앞까지 어깨동무를 하고 배웅을 했다.

내가 그 친구한테 말했다.

"내 아들 결혼이 다음 달 인거 알고 있지? 내 아들 결혼식 때 보자~ 친구" 취중에 꼬부라지는 발음으로 말했다. 늘 그렇듯이 만취해서 우정을 말하고, 비틀거리면서 서로를 부추겨주고, 발음이 비틀어지는, 혀가 꼬인 말투로 우정을 거론했던, 다른 고향친구들도 그러했겠지만, 우리역시 그런 친구 사이였다.

그 친구는 말한다.

"응... 그래... "

우리는 그렇게 헤어졌다.

다음 달, 우리 아들 결혼식 때 그 친구는 오지 않았다. 연락도 안 받고, 봉투를 따로 보내지도 않았다. 다른 친구들한테는 못 간다고 말하고, 내게는 연락도 없고 받지도 않는 것이었다. 난 당황했다. 이유를 알 수 없었다. 수많은 하객들이 왔어도, 고향친구가 오는 것과는 또 다른 건데... 그날 고향 친구를 위해서 잡아 놓은 호텔 방 세 개중 하나는 텅~ 빈 채로 하루를 보냈다.

나중에 시간이 지나서 알게 되었다. 내가 그 친구를 무시하는 듯 한 느낌을 받았다는 것이다. 그 친구가 자기 동행자들 앞에서 내게 한 화법과 내가 내 동행자들 앞에서 그 친구한테 사용한 화법이 크게 다르지 않았다. 오히려 내가 구사한 어투가 더 약했는데도... 그럼에도 불구하고 그 친구는 나정도의 표현에 나보다 몇 십 배 더 큰 불편함과 무시를 당하는 듯한, 심지어 모욕감까지도 느꼈다는 것이었다. 같은 충격에도 부딪치는 부위가 나무판인지, 철판인지에 따라서 충격이 나르다는, 지극히 상식적인 이치였다. 그 상식적인 이치를 나는 미처 몰랐었던 거였다.

나는 또 하나를 깨닫고, 배웠다. 그리고 한참 시간이 지난 뒤에 그 친구에게 말했다.
"내가 많이 부족했다... 친구야 미안했다~! "
나는 그렇게 말해야할 것 같았다. 그리고 마음을 담아서 친구의 어깨에 팔을 올리고 힘을 주었다.

골프를 치면서 잘 지내는 사람끼리 거리가 생기는 경우가 많다. 작지만 내기를 하면서, 규칙을 조금씩 위반하기도 하고, 상대를 서로 배려하기도 한다. 보통은 타당 천원, 이천원 내기를 한다. 그 정도 게임을 하면 중간에 먹은 음식 값이 나오고, 골프가 끝나고 식당에 가서 간단히 식사도 할 수 있다. 요즘은 오천원, 만원정도의 게임을 하는 사람들도 많다. 그렇게 금액이 커지면서 동반자들 사이가 깨지는 경우가 종종 있다. 그 외에도 신경질적인 사람들도 많다. 예민한 운동이라서 그럴 수도 있다. 하지만 정도가 지나쳐서 남에게 불쾌감을 주는 경우가 다반사다. 퍼팅(홀컵에 공을 밀어 넣는 마지막 스윙)할 때 공과 홀컵을 일직선으로 해서 앞뒤로 아무 것도 없어야 한다. 사람이 서성거리거나, 공을 안치우고 놔두면 예민한 사람들은 집중력이 떨어진다고 예민해 한다. 동행자가 가끔 그 선상에서 서 있을 때가 있다. 그런 사람들은 인상을 쓰고, 신경질적 반응을 보인다. 그런데, 더 웃기는 것은 남이 퍼팅할 때 그 사람도 떠들 때가 있다는 것이다.^^

이런 일도 생긴다. 네명이 한조가 되서 운동하는 경기인데, 가끔 내기를 안 한다고, 자신을 빼고 세 명이서 내기를 하라고 하는 사람도 있다. 네 명이 함께 즐거운 시간을 갖자고 왔는데, 셋이 하라는 거다. 내기를 원래 안 하는 사람이 그런다면, 충분히 이해된다. 하지만 그 사람은 내기를 잘~ 하는 사람이었다. 이유가 컨디션이 안 좋다는 것이다. 그럼 골프는 자기가 컨디션 좋을 때만 내기를 하를 하고, 컨디션이

나쁠 때는 못하겠다는 건가? 동반자 네 명 중에서 그래도 내가 그와 친하다고 생각해서... 내가 말했다.

"형님들이 천원짜리라도 하자는데.. 함께 하지 그래~"

신경질적으로 답한다.

"아이~! 세분이 하라니까요!"

그가 이러는 것이 이번이 처음이 아니었다. 내기 없이 연습하듯이 우린 5시간 가까이 재미없는 골프를 쳐야했다. 동행자가 내 옆에서 계속 투덜거린다.

"으~ 재미없어, 저 녀석하고는 한조가 되면 안돼..."

동반했던 형님늘은 내게 그렇게 투덜거렸다. 나 또한 그날 골프는 시간이 가지 않을 정도로 재미가 없어 힘들었다. 가끔 그는 주변동료들에게 말한다.

"재미없게 천원 이천원 하냐~!?

오장(오천원만원)은 해야지~!

돈 몇 푼 가지고.. 쪼잔 하기는..."

그러던 어느날 그는 몇몇 골프모입에서 빠져버렸다. 난 이후로 그와 몇 번 봤지만, 나는 특별히 그에게 조언을 하지 않았다. 형으로서 말과 행동에 대해서 도움을 주려고해도 두려웠다. 한참 전에 그에게 조언을 했다가 몇 달 동안을 그에게 인사도 받지 못하고, 같은 공간에서 왔다 갔다 했어도 내가 투명인간취급을 받았던 기억이 있었기 때문이었다. 안보이면 상관없었지만 그는 가끔 나의 골프연습장을 왔다 갔다 했었다. 정말 눈앞에 보이면서 그런 취급받는 것이 내게는 무척이나 힘들었던 시간이었다. 진정 그를 아끼고 함께 하고 싶다면, 그의 문제점을 지적해줘야 맞는 거지만... 내겐 그런 능력이 없는 것 같았다.

어느날 그와 골프를 같이 갈 기회가 있었다. 나는 없는 핑계를 대면서 다른 사람을 보냈다. 그렇게 시간이 흘렀고, 어느날 그와 함께 골프를 칠 기회가 있었다. 나는 전과 다르게 승낙을 했고 그를 반갑게 아주 반갑게 맞이했었다. 스킨쉽까지 동원하면서 오랜만에 너와 함께 하니까... 너무 좋다고 말했다. 그도 밝은 표정으로 나를 대해줬다. 나는 생각했다. 결국 사람은 누구나 다 함께 하길 원한다. 다소 서로가 다를 수 있는 경우를 품고가든지, 아니면 그럴 수도 있겠구나... 생각하는 것이 옳다. 그렇게 그와 지금도 나는 자주는 아니지만 가끔 연락도하고 공도 치러간다. 그도 내게는 소중한 사람이다.

외국으로 여덟 명이 골프여행을 갔다. 공무원인 사람 그리고 일반 직장인도 있었다. 그리고 대부분은 나처럼 사업하는 사람이다. 하던 대로 내기를 했다. 역시 내가 제일 많이 잃었고, 공무원인 사람도 나만큼은 잃었던 것 같았다. 돈을 딴 사람은 일반적으로 비용내고, 남은 돈은 통상적으로 돌려준다. 그 정도의 관계를 형성한 사람들끼리 간 여행이었다.

이번 여행은 달랐다. 돈을 딴 사람이 술에 취했었는지 모르지만, 딴 돈으로 비용처리를 하고, 남은 돈을 괜한 여행 가이드에게 주는 것이었다. 나와 그 공무원은 많이 황당했다. 아까만 해도 여행가이드가 돈을 너무 많이 챙긴다고, 투덜투덜 대던 사람이었다. 마사지, 식당 등 가 는 곳곳 돈을 해 먹는다고 불평을 했었다. 그런 사람이 돈을 잃은 우리들 앞에서 그럴 수 있단 말인가...도저히 납득이 가지 않았다. 사실 공무원이 해외골프치기란 쉬운게 아니었다. 사업을 하는 나도 몇십만원 잃으면 속이 상한데, 함께 간 공무원은 나보다 더 속상해 했을 거다.

가끔 타수계산으로 언성이 높아질 때가 많다. 대체적으로 골프를 친지 몇 년 안 된 사람들이 그렇다. 파5같이 길게 치고 오는 홀에서는 종종 세 번째니, 네 번째니 하면서 오류가 발생한다. 그래서 한타 정도 묵인하고 가는 고수들이 있는가 하면, 정확해야 한다고, 끝까지 확인 시키는 동반자들도 있다. 돈 내기가 크면 더더욱 타수계산이 민감하고 정확해진다. 나도 그런 경우가 많았다. 아직은 초보라서 나도 자주 우기기도 했다. 정말 파5 홀은 자주 타수계산이 잘못된다. 그래서 싸움이 안 날려면, 캐디가 그 역할을 잘 해야 한다.

하지만 캐디도 클럽을 이리주고, 저리주고, 하다보면 계산을 못할 때가 있다. 다행히 태국이나 필리핀은 비교적 캐디가 정확하다. 왜냐면 일인일캐디로 담당캐디가 자기가 맡은 한 명의 고객타수만 계산을 하기 때문이다. 돈을 많이 잃은 그 날도 여지없이 타수시비가 생겼다. 나는 2개라고 하고, 상대방은 3개라고 한다. 서로 계속 우기다가 캐디의 결정에 따르기로 했다. 캐디도 내말이 맞다며 2개라고 했다. 상대방은 캐디랑 짜고 한다는 것이다. 캐디랑은 말이 안 통해서 짤 수도 없었다. 필리핀 같으면 그럴 수도 있지만, 영어가 안되는 태국은 절대로 아니었다.

 아무튼 상대방과 나는 그로인해서 사이가 점점 나빠졌다. 나는 그 상대방과 골프를 많이 쳤었다. 내가 그에게서 돈을 딴 횟수는 아마도 열에 한두 번 될까, 말까다. 형님동생하면서 정말 친하게 지냈었다. 하지만 그 일 이후로 우리의 사이는 점점 서먹해져갔다. 인천공항으로 귀국을 했다. 나는 대전으로 내려오는 버스에서 그에게 조언을, 아니 충고를 했다. 그날 가이드에게 돈을 준 것은 정말 잘못된 행동이었고, 너의 그런 행동이 나와 다른 사람을 속상하게 했으니, 다음부터는 그러지 않길 바란다고 했다. 나는 그를 아낀다고 생각했다. 남동생이 없는 나로써는 그가 친동생같이 좋았었다. 가끔 그는 술에 취해서 " 형아~ 형아~" 그렇게 나를 부르

면 전화를 하곤 했었던 동생이었기에 나의 그런 충고가 대수
롭지 않을 것이라고 생각했었다. 하지만 그렇지 않았다. 그
날 이후로 그와 나는 만날 수가 없었다. 도통 만날 수가 없
다. 하지만 나는 요즘도 나는 가끔 그에게 문자를 한다. 답
장이 오든 말든 자주 전화도 하고 문자도 보낸다.

"뭐 서로 죽을 죄 졌냐? 언제한번 골프 치러 가자~"
하지만 아직도 그에게서는 아무런 답장이나 연락이 없다.
나라고 속이 없고, 자존심이 없겠는가? 하지만 나는 알고 있
나. 그 어떤 사람도 다 같은 사람이라는 것을 말이다. 나는
생각한다. 그도 항상 나를 기억하고 그리워하면서 살 거라고
말이다... 그리고 언젠가는 또 만나서 정을 나눌 것이라고
굳게 믿고 있다. 그 동생도 보고 싶다.

 사람은 다 거기서 거기다. 누군가 누군가를 지적하고, 험담
하고, 질책 한다? 분명한 것은 그 질책하는 사람도 크게 다
르지 않다는 것이다. 나또한 상처를 받은 만큼, 상대에게 그
만큼의 상처를 줬을 것이다. 나는 그렇게 생각하기 시작했
다. 그래서 돌아오지도 않는 문자로 가끔 안부를 보내는 것
이다.

가족과 자랐고,

선생님과 교육이 이루어졌고,

친구랑 함께 하고,

동료들과 일해서 돈을 벌고,

사업을 해서 회사를 키운다.

가정을 잘 일구고,

그리고...

시간을 쪼개서 다양한 사회 속에서 또 다른 관계를 형성하면서 산다. 동호회, 모임, 동창회, 부녀회, 아파트주민모임 등등. . . 그 곳에서 우리는 또다시 서로에게 서로 다른 상처를 받고, 주게 된다.

하지만 **그게 상처가 아니라는 것이다.** 그것은 잘 살고 있다는 확증인 것이다. 그래서 상처를 받고, 또 상처를 주는 것이 아닌가 생각해본다. 내게 미운사람이 있다는 것이, 바로 잘 살고 있다는 것이고, 내게 소중한 사람이 있다는 것은, 더 잘 살고 있다는 것이다. 하지만 미운사람이 더 소중한 사람이 되기도 한다. 우리는 그것까지도 알고 살아갈 수 있었으면 좋겠다. 우리가 신이 아닌 이상

"다시는 안 본다"도 없고,

"우리는 끝났다"도 없다는 것을 알아야한다.

오늘도 나는 배워간다. 최악의 순간이 와도 우리는 그런 말과 마음을 갖지 말고 살기 바란다.

나도 이렇게 내 마음을 다스리는 법을 알기 전에는 상처를 많이 받았다. 내 마음은 이게 아닌데, 저쪽이 나에게 실수한 건데.. 등에 온갖 마음을 썼다. 하지만 지금은 아니다. 그냥 이해하고, 평화롭게 웃기로 했다. 또한 그런 일을 만들지 않으려고 노력하면서 말이다.

내세는 중소기업 임원으로 있는 친구가 있다. 그 친구는 거의 평생을 그 회사에서 일을 했다. 웬만한 중소기업 대표정도의 연봉을 받는 친구다. 그 친구를 만나면 내 사업 이야기 이것저것을 한다. 도움 받을 것도 있고 해서, 적잖은 사업이야기를 한다. 공통된 이야기가 나올 때마다, 그 친구와 나는 공감대 형성을 이뤄간다. 하지만 그 외 친구들은 그냥 평범하게 직장 생활을 하거나 자영업을 한다. 그런 친구들과 함께 있을 때는 최대한 사업이야기나 돈 이야기를 자제한다.

나의 일반적인 말들이 그들에게는 상처가 되기도 하기 때문이다. 허울 없는 고향친군데도 조심조심 할 때가 있다. 가족이라서 서로 더 표현해야만 행복해 지는 것과 같은 것이다.

이런 이야기를 통해서 선배와 상담을 한 적이 있다.

"참 사는 게 힘이 드네요~"

그 인생 선배는 이렇게 말했다.

"이룬 것이 전부가 아니라,

　이룬 것을 어떻게 활용하느냐가 더 중요하다."

자신의 목표를 달성했다고 해서, 다른 사람의 목표까지 이루어진 것은 아니다. 설령 나나 상대방의 목표가 이루어졌다고 하더라도, 그 목표는 서로 다르다. 서로 다르게 이룬 목표라서, 서로 다른 이야기와 이해를 요구하게 된다. 우리는 그렇게 목표를 다르게 설정하고 살아왔다. 그 목표를 이루기 위해 서로들 치열하게 살아야한다. 그렇게 시간이 많이 흐른다. 함께 공부하고, 성장했을 때와는 다르게 산 것이다. 친구도 그런데, 가족도 그런데... 하물며 사회에서 만나는 사람들과는 더욱더 그럴 것이다. 가족이라서 아니 친구라서 더 그럴 수 도 있는 것이다.

요즘 나는 최고경영자과정을 다닌다. 그 모임에는 다양한 사업가들이 많다. 건축회사, 건축자재를 공급하는 회사, 인테리어 회사, 주유소, 꽃집 등등. 세상에 존재하는 대부분의 사업가들이 이 과정에 들어온다. 내가 다니는 KPC(생산성본

부)최고경영자과정은 회원들에게 부담을 줄 수 있는 보험이
나, 상조 등의 식당 등의 영업부분의 사업가들의 입학을 제
한을 한다. 왜냐면 회원들에게 부담이 된다는 취지이다.

 그곳의 경영자과정은 일주일에 한번씩 기업경영에 도움이
되는 강의를 해준다. 강의 후 식사를 하면서 원우회원들 간
에 친목을 나눈다. 처음 접해보는 이런 분위기가 특별하게
느껴졌다. 내 옆에서 식사를 하는 건설하는 사람이 내게 말
해줬다.

"저는 이 곳과 K대, P대 세 곳의 경영자과정을 지금 동시에
다녀요~"

놀라웠다. 세상 사람들이 정말 분주하게 모여서 어우러져 살
고 있다는 것에 알게 되었다. 나는 무척 바람직하고, 훌륭한
과정이라고 생각을 했다. 특히 사업하는 사람들에게는 살맛
나는 모임인 것이 확실해 보였다. 아주 오래 전부터 대학교
마다 강좌를 만들어 이어져오는 것이다. 서로 주고받을 수
있는 정보의 마당이었다. 나는 요즘 세상을 더 깨닫고, 더
이해하고 있다. 대부분이 수출인 내 사업은 누군가에게 도움
을 받고, 말고 하는 사업은 아니다. 하지만, 나와 유사한,
비슷한 위치에 있는 사람들과의 교류가 또 다른 삶의 활력소
가 되기에는 충분하다는 생각이 들었다.

 다양한 사업체 대표들의 모임은 특별한 배려 등으로 마음

상하는 일은 적었다. 하지만 내 주변 이웃과, 옛날 친구는 특별한 배려와 신중함이 있어야 한다. 우리가 가족들에게 더 많이 절제 또는 표현해야 하는 것처럼 말이다. 적당히 공감대를 형성할 수 있는 부류와 함께 하는 것, 그것이 또한 대단히 중요한 자기 삶의 행복추구 방향임을 알게 됐다.

자신의 목표를 세우고 그리고 그 목표를 이룬다. 그것이 먼저다. 그러고 나서 뒤엉켜 살아라. 어울려 엉켜야 사람 사는 세상이고, 세상이라서 엉켜서들 산다. 그 속에서 많이 아프고, 다치는 것은 살아있기 때문에 얻는 소중한 것들이다. 하지만 희생이라고 느낄 정도의 아픈 것은 피하면서 살기를 바란다.

 행복하다, 불행하다를 말하기 전에 우리는 어떠한 삶을 살지를 먼저 정해야 한다. 삶의 꿈을 정하고 시대흐름(제도, 사회)에 맞춰 가야한다. 그래야 행복하다. 살아있는 것 자체가 행복이라고 들 한다. 그런 사람들의 말은 죽음을 극복한 삶처럼, 생사의 처절함을 맛본 사람들이 하는 말이다. 사람이 정말 살아있는 것만으로 행복할까? 그렇다면, 살아있음과 죽었음은 어떻게 다를까? 먹고, 자고, 생각할 수 있는 상태는 살아있는 것이고, 그렇지 못한다면 죽은 것이다. 비슷한 집에서, 비슷한 음식과 비슷한 수준의 옷을 입고 산다. 지구라는 공간에서 사는 사람들이 대부분 그렇게 산다. 서로 다르지 않다. 정도의 차이가 있을 뿐이다. 그 삶에는 질적인 차이가 있다. 삶이라는 대상을 아주 위에서 바라봐라. 그 정도의 차이는 보이지도, 느껴지지도 않는다. 보여지는 모습은 거의 모두가 비슷하다. 보이지 않는 생각의 속이 다르고, 그게 행불행이다. 보이지 않는 생각 속의 삶은 정말 우주만큼이나 서로가 다르다. 그래서 행불행은 그 생각 또는 마음속에 있는 거라고 한다. 앞서 살다간 사람들(선인,조상)이 흔히 하는 말들을, 나는 이제야 조금씩이나마 알아가고 있는 것 같다.

돌아가신 나의 아버지의 오랜 팬이고, 나 또한 좋아했던 대전KBS 아나운서 이종태 선생님에게 들은 말이다. 내 아들 결혼식의 진행과 주례를 동시에 부탁드렸던 자리였다. 그는 내게 아들을 결혼시킬 만큼 살아왔기에 도움이 될 만한 이야기를 들려준다고 하시면서 말씀을 시작하셨다.
 오래된 스승을 찾아갔다. 그 스승은 60대였고, 그 스승을 찾아간 제자는 40대 후반이었다. 그 자리에서 그 스승은 40대 후반의 제자에게 이렇게 말했다.

"내가 살아온 시간들을 돌이켜보면, 40대 때가 인생에서 가장 행복했었던 것 같네"

마흔이면 왕성하게 경제활동을 하는 나이다. 자기 주도적으로 나라와 회사 또는 사업과 가정에 역할을 해서다. 또한 자녀들이 가장 예쁘게 자라고, 키우는 맛이 솔솔 하기 때문이란다.

이후 그 40대 후반 제자가 60대가 돼서, 그 스승을 다시 찾았다. 70대인 스승은 제자에게 이렇게 말했다.

"다시한번 지나온 시간을 돌이켜보면, 그래도 60대 때가 가장 행복했었던 것 같네"

60대면 힘든 일들을 대부분 마무리를 한 나이가 된다. 자식들 결혼시키고, 퇴직을 하고, 자신만을 위해서 여가도 즐기고, 여행과 취미생활 등의 자유로운 시간들을 보낼 수 있기 때문이다.

사람의 행복이란 그 어떤 나이별로 행복하지 않은 나이가 있을까? 인간은 지금이 가장 행복하다. 지금이 내게서 가장 행복할 수 있어야 하고, 지금 이 순간 최고로 행복할 줄 알아야 한다. 행복은 현재의 지금 나와 함께 있다. 그래서 더 늦기 전에, 지금부터 나를 기준으로 살아야 한다. 이런 교훈을 내게 건네주셨던 것 같다.

내게 벌어질 일들을 예견해라, 그 예견 때문에 행복이 보인다. 벌어질 일들에 대해서, 준비하고 계획하는 것이 지금이고, 바로 그것이 행복이라는 생각이 든다. 결혼을 해야겠다. 결혼을 하기위해 이성을 찾는다. 그 이성의 마음을 사기위해 다양한 노력을 한다. 돈을 모아서 이것저것 준비한다. 그 시간이 행복이다. 부도가 났다. 부도라고 하는 힘든 상황을 극복하기 위해 해결책을 찾는다. 잘못된 것을 깨닫고 구조조정을 한다. 전보다는 못하지만 호전된다. 상대적 행복이고, 이후에 더 큰 행복을 예견한다. 부도라고 하는 어려운 상황조차도 예견하면서 행복하자는 것이다.

 지금까지의 이야기는 살아있는 것만으로도 행복하다는 말과 같다. 다만 살아서 예견하지 못하고 산다면, 행복하지 않은 것과 같다. 앞으로 내게 벌어질 것들을 구상하고, 찾아라. 그러면 그 벌어질 것들에 대해서 풀어나가는 생각을 할 수가 있다. 그 생각이 지금 나를 행동하게 한다. 행동한다는 것은 살아있다는 것이고, 행복하다는 것이다. 현재, 바로 지금 우리가 얼마나 행복한가를 계속 모두가 느꼈으면 좋겠다.

선입견

언제 부터인지 정확한 시기는 모르지만 눈이 좀 이상했다. 집에 들어가면 대부분의 불을 끄라고 한다. TV를 보면서도 리모콘으로 밝기 조절을 해서 어둡게 본다. 야간 운전 때 상대방 차가 대부분 상향등을 켜고 오는 것처럼 눈이 부셨다. 머리도 지끈 지끈 아프면서 충혈이 되고, 눈물도 나온다. 그래서 나도 상향등을 번쩍번쩍 켜면서 신경질을 부렸다. 하지만 상대방차의 라이트는 정상이었다.

내 눈이 이상해 진거였다. 나는 두려운 마음으로 병원으로 갔다. 의사가 나의 눈을 벌려서 빛을 가하자, 금방 빨개지면서 눈물이 나고, 눈을 제대로 뜨지를 못한다. 군대 갈 때 체력검사에서도 눈이 이상한 것으로 판정받았던 기억이 떠올랐다. 면제 사유는 아니지만 보충역 대상이라는 것이다. 원인이 밝혀졌다. 원래 빛에 약한 안구건조증이 심한 체질이었는데, 2002m그림을 야외에서 하얀 천을 깔고, 썬그라스도 쓰지 않은 채 3년을 길거리에서 그리다가 눈을 다치게 된 거였다. 즉 자외선에 의한 각막손상(전문용어는 아님)으로 예측된다는 것이다. 이 증상을 악화 시키지 않으려면 지금부터는 실내외 구별 없이 썬그라스를 착용하고 살아야한다는 것이었다.

이후 나는 썬그라스를 항상 쓰고 다녔다. 야외든 실내든 구별 없이 쓰고 다녔다. 심지어 대학 강단에서도 검은 안경을 쓰고 수업을 했다. 교수회의 때도, 총장 앞에서도 썬그라스를 썼다. 미리 설명을 안 해주면 사람들이 나를 이상하게 본다. 가장 힘든 장소는 목욕탕이었다. 벌거벗은 몸에 까만 썬그라스를 쓴 나의 모습은 내 모습이지만 정말 우스꽝스럽다. 그래서 좀 힘들어도 목욕탕에서는 썼다, 벗었다 한다.^^
전국 폭력조직이었다고 하는 사람을 알게 되었다. 말로만 듣던 전국조직원이라는 사람을 바로 옆에서 보는 것은 처음이었다. 덩치는 산만하고, 목소리도 걸걸한 것이 주먹하나는 정말 잘 쓴 건달로 보기에 충분했다. 그는 나와 나이가 같았다. 그 이유로 그는 내게 친구라는 호칭을 사용하면서 친근감을 내게 보인다. 사실 나는 거부감이 컸다. 내가 청소년기에 거친 생활을 한 경험자이기는 하지만, 실제로 사회에서 그런 삶을 살아온 덩치가 산만한 사람 옆에서는 나도 주눅이 들 수밖에 없었다.

지금은 손을 씻고 자동차공업사를 하면서 성실하게 산다고 한다. 그동안 살아온 이야기를 내게 해주면서 큰돈을 벌지 못하지만 지금이 아주 행복하다고 했다. 그 친구의 이야기는 출생부터 고교시절 이야기도 포함하여, 시내에서 양아치질 한 것 등등 모두를 내게 한편의 영화처럼 이야기를 해줬다.

고등학교를 재수해서 들어간 후로 벌어지는 일들이 나와 비슷한 상황을 들었다. 그는 그렇게 어렵고 힘든 사회생활과 연결되었고, 대신에 나는 비교적 안정된 대학 대학원 생활을 하게 된 것만 달랐다. 지금의 삶의 모습은 그와 내가 많이 다르다, 하지만 그와 나는 또한 크게 다르지 않다. 겉모습만 보고, 거친 말투와 행동만으로 그들 판단한다면 그것은 절대로 행복한 삶의 도움이 안 되는 선입견이 되었을 것이다.

우리는 이런 선입견 때문에 상대에게 아픔을 준다.

상대방이 일반적이지 않을 때 선입견을 버리고 봐라. 나의 썬그라스도 마찬가지지만, 다양한 장애를 갖고 사는 사람들의 일반적이지 못한 모습에 우리는 그냥 정상인과 같이 편하게 봐줘야 한다. 다들 무슨 이유가 있겠지.. 무슨 사연이 있겠지... 라고 생각하자. 그건 꼭 장애만을 이야기 하는 것은 아니다. 상대방이 돈이 적다고 더 배려해서 말하거나, 행동하지 말아야 한다. 상대방이 돈이 많다고 더 배려 없이 말하거나, 행동하지 말아야 한다. 약속을 어기거나, 내게 험담을 하거나, 분노하고 날뛰거나 하는 등등의 인간 사회에서 벌어지는 모든 것에 대해서, 다~ 이유가 있겠구나... 하면서 살아가길 바란다.

자책

계룡산 뒷자락에는 갑사랑 신원사라는 큰 절이 있다. 갑사
는 동학사랑 더 가깝게 위치하고 있으며, 신원사는 더 서쪽
에 위치한 절이다. 신원사 분원인 소림사라는 작은 절이 있
다. 그 절에 단식과 금식의 시간을 갖고자 들어왔다. 이번이
두 번째다. 지나치게 많이 마시는 술 때문에 점점 내가 망가
져가는 듯해서 내가 스스로 내린 벌이다.

나는 다양한 사회모임에 들어가서 놀았다. 그러다보니 술을
많이 마시게 된다. 최근 들어서는 맥주 글라스에 소주를 가

득 붓고 단숨에 마셔버린다. 소주잔에 한 잔 두 잔 마시다보면 오히려 더 많은 술을 마시게 된다. 차라리 한번에 많은 양을 빨리 마셔서, 빠르게 취기가 올라오면 오히려 적게 마시게 된다. 그런 시간이 많아지면서, 급기야 집에서 혼자서도 한 글라스씩 술을 마셨다.

점점 알콜 의존도가 높아지면서 몸은 피곤하고, 정신은 흐렸다. 그래서 나는 어디라도 들어가서 한 일주일 금식과 단식을 하고 나오기로 했다. 그렇게 2014년 신원사 바로 위에 분원인 소림원이라는 작은 절을 찾게 된다.

아무것도 없는 산 속에서 금식과 금주로 일주일을 보내는 거다. 일주일 금식과 단식은 만만치 않은 일정이었다. 하루가 지나고 이틀이 되는 날은 정말 배고픔이 극에 달했다. 난 나와의 싸움을 즐기는 편이다. 절대로 포기할 수 없다는 각오로 버텼다. 생수에 비타민 한 알을 타서 마시는 것이 전부다.

삼 일째 되는 날 저녁은 뱃가죽이 등짝에 늘러 붙는 느낌이 들었다. 평상시 잠을 잘 못자는 나였다. 특히 조금이라도 음식을 먹어야 잠들곤 했던 나는, 잠자는 것이 가장 걱정됐었다. 그런데 빈속에 잠은 아주 깊은 숙면을 들게 했다. 삼 일째 되는 날은 나도 모르게 잠들어서 7시간이나 세상모르고 잤다. 배고픔은 잠시 왔다가 또 바로 사라진다. 이젠 배고픔이 찾아와도 두렵지 않았다.

 점점 기력이 없어지고, 약간씩 어지러움을 느낄 때가 더 걱정이었다. 그래도 몸을 가눠서 물 흐르는 계곡사이로 천천히 산책을 병행했다. 그리고 힘없이 바위에 걸터앉아서 멍하니 흐르는 물을 바라본다. 가끔 낙엽이 떠내려가기는 하지만, 투명한 물속에 무슨 철학이라도 있는 듯 계속 본다. 지속적으로 변하지 않는 물소리와 물줄기가 시각적으로 계속 이어져서 그런가 보다. 정말 아무 생각 없이, 졸졸졸 흐르는 물소리와 함께 그냥 물줄기를 본다. 아무것도 한 것이 없었지만, 내려올 때 몸과 마음은 가볍고, 맑았다.
소림원에 돌아온 나는 또다시 멍~하니 앉아 있는다. 매미소리가 장난 아니게 들린다. 가끔 개구리가 방문 앞을 지나가기도 한다. 스님의 목탁소리와 염불하는 소리가 들려도 그냥 정지된 느낌이다. 그만큼 기력이 점점 빠지고, 정신도 풀어지는 듯 했다. 가끔 부는 바람에 나무 가지가 흔들리면서 내 시각적 자극을 줄 때나 몸을 한 번씩 움직여 볼 뿐이다. 8키로그램 정도 살이 빠졌다. 그렇게 잘 버티고 육 일째 되는 날, 나는 산을 내려왔다.

그렇게 다녀와서부터는 주량도 줄었고, 비교적 맑은 정신으로 지낼 수 있었다. 그리고 2년의 시간이 지난 2016년 나는 다시 또 2년 전 같은 산 같은 절에 들어왔다. 그 전 하고 똑같은 생활을 다시 하고 있었기 때문이다. 아니 그 때보다 더 술을 많이 하는 것 같다. 아토피가 있는 나는 술을 먹으면 증상이 심해진다. 그것도 손에 그런 피부질환이 있어서 남들과 악수를 할 때 무척 난감하다. 그럼에도 술을 계속 마셨다. 많이 마신 날은 자다가 긁어서 이불 여기저기 피가 묻기도 했다.

요즘 골프를 자주 치러나간다. 골프가 끝나면 대부분 회식을 하면서 술을 마신다. 정말 피하기 힘든 유혹들이다. 그래서 다시 소림사로 들어가기로 결심을 한 거다. 이번에는 7일간 금식과 금주를 하고, 또 7일을 하루 한 끼 미음식사로 버티기로 했다. 그러면서 책을 쓰기로 했다. 내가 살아온 과정을 한 권의 책에 담아 보기로 했다. 그렇게 비타민과 2리터 생수 20병과 노트북 하나 들고서 소림사로 왔다.

스님께서 말하신다.
"오랜만입니다~
그동안 잘 지내셨나요? "

"네~ 스님...

제가 또 다시 술에 중독을 ...

그래서 다시 들어왔습니다. "

"그게 2년 전인가요?"

"네..."

"많이 버티신거죠~

어디 그게 마음대로 되겠습니까?... "

스님 말씀 끝에 여운이 돈다.

"세상이 마음대로 된다면 그건 세상이 아니지요~

교수님은 세상을 살고 있지 않습니까? "

그렇게 말씀하시고 웃으신다.

나는 세상을 살고 있다. 그래서 그 어떤 일도 일어날 수 있다. 어떤 일이 닥쳐도 그럴 수 있다. 라고 생각하라는 것 같다. 그렇게 금식과 함께 책을 써~ 내려갔다. 그 동안 있었던 그 어떤 일도 다~ 내려놓고서... 책을 써 내려간다. 그렇게 85라는 수필형식의 자서전 쓴 것이다.

어머니를 보내고...

어머니의 요양병원 생활은 생각했던 것 보다 훨씬 잘해나가
셨다. 어머니는 병원생활을 잘 못하실 거라고 생각했었다.
강한 고집스러움과 본인이 원하는 것을 다 해야 만하는 그런
성격에다가, 자기주장이 너무 강해서 여러 사람들과 함께 병
실을 같이 쓰는 것이 걱정스러웠었다. 예상대로 어머니는 병
원에서 이것저것 간섭도, 참견도 하셨다. 간호사에게도 훈계
를 하시고, 환자들 사이에서도 반장 역할을 했다. 요양병원
에서도 엄마의 기질이 잘~ 나타났다.
어머니는 내가 갈 때마다 돈을 달라고 하신다.
"엄마 돈은 어디에 쓰시려 구요?"

어머니가 말씀하신다.

"응~ 쓸데 많아~ 옷 팔러오는 사람도 있고.. 많아~!"

나는 그렇게 갈 때 마다 용돈을 드리고 나온다. 어버이날 전
후로 나는 병원을 갔다. 남에게 떡을 돌리는 것을 좋아했던
어머니셨다. 우리는 떡을 세 박스 정도 해서 가져다 드리고,
모든 임직원과 환자들에게 하나씩 나눠 드렸다. 어머니는 손
이 크셔서 항상 많이 해야 하고, 먹고 남아야 적성에 차는
분이셨다.

"엄마! 떡을 세 말이나 했어요.

아직 반 박스 남았으니까... 천천히 드세요~"

박스에 남아있는 떡을 보여주며 말했다. 그런데 어머니가 그
날은 힘이 없어보였다. 그렇게 방문을 마치고 나가려고 할
때, 어머니가 나를 부르신다. 그리고 슬그머니 침대 옆에
서랍을 여시더니, 그동안 내가 갈 때마다 달고 해서 모아둔
돈을 내게 돌려주시는 것이었다.

나는 물었다.

"엄마 왜? 돈 필요하다고 했잖아? 왜 돌려줘??"

나는 다그쳐 물었다.

엄마가 힘없이 말했다.

"병원에서 다 해주니 돈 쓸 일이 없다... "

무기력하고, 창백한 얼굴로 내게 말했다.

그렇게 되돌려 받은 돈을 들고 병원을 나섰다. 운전석에 올라 시동을 거는데, 나는 가슴이 아팠다. 용돈 받는 것이 즐거움이셨던 내 엄마였는데... 내 옆 좌석에 놓인 되돌려진 돈을 보니 마음이 먹먹해져왔다. 엄마는 이제 돈이 필요 없게 된 것이었다.

억센 걸로는 우리 엄마가 최고였다, 돈이라면 환장을 한, 억척같음으로, 한 평생을 앞치마 돈주머니를 놓지 않았던 내 어머니셨다. 항상 씩씩하고, 억세고, 조금도 꾸미지 않았던, 어머니의 얼굴을 나는 생생이 기억한다. 다른 어머니들처럼 화장도 안하고 학교에 와서, 난 속상했었다. 어머니는 내가 초등학교 시절, 노점상과 구멍가게부터 여관과 횟집, 냉면집 식당까지 안 해본 일이 없으셨다. 손님들하고 돈 때문에 싸우시는 모습을 내가 부끄러워했던 그 엄마다.

지금 생각해보면 그 때가 내게는 부끄러웠는지 모르지만 내 어머니에게서는 가장 행복했던 시간들이었던 것 같다. 아버지가 속초에서의 생활이 가장 행복했었다는 것처럼 말이다. 어머니가 돌아가신 그 날 나는 어머니 유품 중에 자주 입었던 바지 주머니 속에 오만원짜리 한 장을 넣었다. 그리고 어머니에게 말했다.

"엄마 죄송해요~ 그리고 이제 여유롭게 사세요..."

우리는 돈이 곧 행복이라며, 많은 돈을 벌려고 한다.

돈이 없다고, 스스로 불행해 한다.

돈이 없어서 아무것도 못하겠다고 투덜거린다.

돈 벌고 싶다고 난리다.

그 난리를 치는 것이 잘사는 것이다.

그 난리가 행복이란 걸 알 때 쯤 이면...

그 돈 쓰지도 못하게 된다...

지금 우리가 얼마나 행복한 것인지를 말하고 싶은 거다.

"엄마 나 이제야 말하는데... 아이큐(IQ)가 85이었어요... 바쁘게 사시느라, 아들 생활기록부를 볼 시간도 없이 사셨죠? 남보다 지능이 낮아서 다른 아이들보다 제가 단순하고, 소리를 지르고, 말 안 듣고, 그 난리를 치면서 부모님 속을 썩였나 봐요. 많이 힘드셨죠? 이런 저를 키우시느라... 우리 엄마~! 얼마나 많이 힘드셨어요? 엄마" 그래도 나 잘~ 살았죠?"

"이 책을 읽고 있는 여러분은 대부분 저보다 지능이 높고 건강하게 태어났습니다. 분명히 저보다 더 좋은 결과를 내실 겁니다. 더 행복하실 겁니다."

해야 할 일

55세 나이에 자서전을 썼다. 이 책은 자서전 겸 에세이(수필)로 봐도 좋은 형식이다. 있었던 일들을 나열하면서도, 이 책을 읽는 사람들에게 나의 생각과 바람을 메세지 방식으로 서술했기 때문이다.

처음에는 대필 작가를 써서 진행하려고 했다. 2~3천만원 정도면 전문가들이 스릴 있게 긴장감 있게 잘 써준다. 누구나 다들 그렇게 한다. 정치인들 경우가 더욱 그렇다. 충분히 작가에게 살아온 이야기를 하고, 작가는 그 내용을 잘 구성해서 글로 옮기는 것이다. 게다가, 자기 내용을 스스로 쓴다는 것은 더더욱 어려운 것으로 알고 있었다. 하지만, 나는 도전해보기로 한 것이다.

　시간 순서대로 나열해서 써내려갔다. 너무도 지루하고, 일기장 같아서 계속 이어나가지 못했다. 상황을 중심으로 다시 써내려갔다. 그러나 이번에는 정작 써야 할 내용이 빠지거나, 100페이지 전에 쓴 것을 또다시 반복해서 쓰게 되었다. 금식을 하면서 책을 쓰는 거라서 집중력도 떨어져서 더욱 그랬다. 하지만 누구나 자기 이야기를 자기가 쓸 때 나타나는 것이란다.

　그렇게 쓰고, 읽고를 수십번 반복을 한다. 나중에는 이 내용이 저 내용 같고, 저 내용이 아까 그 내용 같고... 머리가 도는 것 같았다. 그림은 한눈에 전체 화면이 들어온다. 그래서 여기저기를 전체적인 것과 맞춰서 그려나갈 수 있다. 하지만 소설이나, 자서전 같은, 책을 쓸 때는 전체가 한눈에 들어오지 않기 때문에, 정말 어려운 일 이라는 것을 새삼스럽게 느낄 수 있었다. 갑자기 소설가나 수필가분들이 위대해 보이기 시작했다.

　그렇게 모든 내용을 쓰고 나서도, 가출력(미리출력)을 해서 여러 사람들에게 읽게 했었다. 일반적인 사람들의 객관적인 반응을 알아야, 다시 수정을 할 수 있기 때문이다. 또한 나는 일러스트(디자인프로그램), 포토샵 등 책 디자인까지 직접 진행을 했다. 나만의 방식으로 독자들에게 다가가고 싶었기 때문이다. 일반적인 형태를 크게는 못 벗어난다 해도, 나만의 개성이 담긴 출판을 욕심냈다.

나는 생각한다. 뭐든 해봐야 얻는다. 예측해서 말하거나 행동하는 경우가 많은데, 그런 말이나 행동은 틀릴 경우가 대부분이다. 설령 맞다 하더라도, 말한 자신이 스스로 확신을 갖질 못한다. 나는 남은 나의 삶을 새롭게 계획해본다. 50살이 되면 내가 하고 싶은 것 다~하고 살 거라고 생각했었다. 그것이 탁구나, 골프나, 여행 등등 일수도 있겠지만... 막상 그렇게 5년을 살아보니 조금은 식상하고, 맛(삶, 또는 인생)이 없는 듯하다.

그래서 나는 이 책을 통해서 우리가족과 나를 아는 모든 사람과 그리고 이 책을 읽는 모든 분들 앞에, 나의 남은 시간의 계획을 말하려고 한다. 이렇게 공식적으로 발표하듯 해놓으면, 더 열심히 할 것 같아서 말이다.^^

이 책 출판 과 동시에 음반을 낼 것이다. 나는 유아기 때 (6~7살) 가수로 활동하는 작은아버지가 당시에 캬바레라는 곳에 자주 데리고 다니셨다. 거기서 노래를 하시는 작은아버지께서는 나를 무대 뒤에 놓고서 노래하실 때가 많았다.

우리 친가 쪽은 아버지만 빼고, 대부분 연예계(당시에는 딴따라^^)활동을 하셨다. 큰고모님은 남철, 남성남(코미디언) 분들과 전국을 돌면서 공연을 했고, 작은 고모님은 전국노래자랑에서 TV도 받으셨다. 그래서 내가 초등학교 시절에 우리집에는 TV가 있었다. 그 당시 동네마다 하나 또는 두 대 정도 밖에 없었을 때다. 막내 삼촌은 최근까지도 야간무대에서 노래를 하셨었다. 고모님 딸(사촌여동생)은 미스코리아 인천진 출신이고, 지금 대구에 계신, 그때 캬바레에서 노래하셨던 작은아버지께서는 영민기획이라고, 가수들 음반을 내고, 노래를 가르치는 일을 하고 계신다. 다음달 쯤 대구 작은아버지를 찾아가서 나의 음반이야기를 하고 올 생각이다.

나는 저음과 고음이 보편적으로 자유롭다, 내 노래를 듣는 사람들은 저음이 더 좋다고 한다. 어머니를 생각해서 한곡, 아내를 생각해서 한곡 그렇게 몇 곡 정도를 만들어서 내 노래를 갖고 싶다. 그리고 그 곡 중에 한곡정도는 히트 곡으로 만들려고 도전한다.

그 도전에는 분명한 이유가 있다. 요즘 55세정도면 대부분 퇴직을 준비해야하는 나이다. 그러나 일을 그만두기에는 너무도 젊다. 100세 시대라고 해서 인생이 크게 두 개로 나뉘는 것 같다는 생각이 들었다. 10. 20대가 불러서 그 나이 포함 40대까지 불려지는 히트곡이 있고, 40~60대가 불러서 그 나이 포함 100세까지 불려지는 히트 곡이 만들어져야 할 것 같다. 그렇게 노래처럼 인생이 크게 두 개로 나뉘는 듯하다.

지금 내가 사는 사회의 오십대는 그래서 중요한 시기로 나는 생각한다. 그만두는 나이가 아니라 또 다른 시작의 나이로 나는 생각한다. 지금 이 시대 누구나 내말에 공감 할 것이다. 이쯤 하늘에 별 따기라는 히트곡하나 만드는데 도전을 해보고 싶다, 그렇게 우리 50대들에게 희망을 주고 싶다. 그렇게 또 다른 도전에 나를 걸어본다.

60이 넘으면... 이제 본연의 위치인 그림을 그리면서 나의 마지막 여정을 장식할 생각이다. 정말 내가 그리고 싶은 것을 찾고 또 나타날 때 원도 한도 없이 그림을 그려서 남기고 싶다. 또 하나 이 책 다~쓰고 산에 내려가면 바로 진행하는 기프트 아트 행사가 있다. 내가 경제적으로 힘들었을 때 미술계를 떠났다. 초대작가이고, 대상수상작가로서 붓을 놓는다는 것은 정말 어려운 일이었다. 그때를 생각하면서 작가들의 그림을 전시하고, 판매해주는 기획 전시를 하는 것이다. 우리 회사 건물 일부분을 많은 돈을 들여서 미술관으로 바꿨다. 그리고 유성에 호텔로비를 전시장으로 협조 부탁해서, 30여명의 작가들 그림을 전시하고, 경제인들을 초청해서 판매하는 기획을 진행 한다. 이번 기프트아트행사를 잘 이끌어서 성공적으로 마친다면, 앞으로도 계속 어려운 작가들을 돕는 일을 진행 할 생각이다.

마지막으로 조교수맘이라는 프로젝트를 진행하려고 한다. 나는 평생 아동미술심리를 연구한 사람이다. 10여년전 이미 아이들 그림분석 싸이트를 개발해서 운영하고 있었다. 하지만 그 싸이트는 고객(엄마)이 직접 컴퓨터 앞에 앉아서 계속 마우스를 눌러야 되는 방식이다. 그러면 자기 아이그림을 통해서 아이가 내성적인지, 좌뇌형인지, 우뇌형 인지를 알려주는 싸이트였다. 그런 방식이 너무 번거로워서 활성화되지는 못했다. 그래서 나의 평생 연구실적을 하나로 모으는 어플(앱)을 개발하는 것이다.

앱의 이름은 조교수맘(조교수의 마음, 엄마라는 뜻)이다. 현재 90%정도 진행된 기획이다. 그래서 아이를 둔 엄마가 핸드폰에 나의 조교수맘 어플을 깔고, 폰에 있는 자녀그림을 가져오면, 바로 아이의 심리상태와 성격 등을 알려주는 것이다. 폰에서 색상을 읽고 , 형태를 읽어서 각각의 심리분석을 하는 방식이다. 형태심리, 색채심리를 기반으로 하는 교육 또는 양육정보 제공 어플인 것이다. 그렇게 회원이 많이 모이면 유, 아동 전문 쇼핑몰을 함께 진행 하려고 한다. 누구보다 이 분야는 내가 최고라고 생각하는 것이라서 자신감에 차있다. 그러나 빈틈없이 최선을 다할 생각이다.

아이들을 잘 교육해야한다. 나의 특별한 성장기와 평범하지 못한 삶의 결과로 말하고 싶은 이 책의 핵심은, 이 정도 나라에서 살고 있다면 누구나 행복 할 수 있다는 말을 하고 싶은 거였다. 그래서 나는 전국을 다니면서 아이를 둔 부모들과 힘들어하는 사람들을 모아서 아이들 잘 키우는 방법을 강의도 하고, 사회인들 고민도 들어주고, 노래도 하면서 살아가려고 한다. 건승을 빌어주길 바란다.

이 책 서두에 하고 싶은 것 을 나열했었다. 여기서 나열한 것은 해야 할 일들이다. 하고 싶은 것은 미뤄도 되겠지만... 해야 할 일은 아니다. 하고 싶은 것들과 해야 할 일은 정말 다르다. 해야할 일은 반드시 행동하고, 수정하고, 다시 행동해서 꼭 이뤄내길 바란다.

그렇게 남은 **해야 할 일들**을 기획하고, 마무리 하려고 한다. 학습지진아, 출생장애, 지능지수 85짜리인 나는 내가 살았던 이 시대에 정말 열심히, 행복하게 살았다는 평가를 받고자 한다. 내가 죽는 날이 오면,　이 책과 내 노래로 즐거운 파티의 장을 만들어주길 가족들에게 꼭 부탁한다. 너무도 잘 살았으니까... 나 행복하니까...!

그리고 내 모습을 읽고,
누구나 주변에 너부러져있는 행복들을 놓치지 않길 바란다.
나 이후의 사람들에게...